Wie eine

Rose, die erblüht,

wird auch die Liebe

Dich mit all ihrem

Blüten und Bluten

zu Dir & anderen

fühlen.

Jennifer Hilgert

Er bedeutet Rosengarten

Kurzprosa

Er bedeutet Rosengarten

Kurzprosa

Jennifer Hilgert

Bibliografische Informationen der Deutschen Nationalbibliothek. Die Deutsche Nationalbibliothek verzeichnet diese Publikation in der Deutschen Nationalbibliografie; detaillierte bibliografische Daten sind im Internet über http://dnb.d-nb.de abrufbar.

1. Auflage Mai 2022
Falkensteinerstraße 74, 55129 Mainz
schriftverkehr.net

Lektorat und Korrektat: Tamara Leonhard – tamaraleonhard.de
Covergestaltung: Laura Newman – design.lauranewman.de
Satz: Jennifer Hilgert

Gerne kannst du dich in meinen Newsletter eintragen, damit du keine Neuigkeiten aus meinem Poetinnen- und Schreiballtag verpasst:

tinyletter.com/Schriftverkehr

Besuch mich gerne hier oder schreib mir eine Email. Feedback tut immer gut, nicht nur mir als Selfpublisher:
Instagram: @frautuerkis_
Facebook: facebook.com/dichtverkehr
Email: jennifer.hilgert@web.de

Herstellung und Verlag: BoD - Books on Demand, Norderstedt

ISBN 9783756210503

Für Ronja, Felix & Fabian

INHALTSVERZEICHNIS

WOLKENWIND

KOMM, lass uns ergeben sein. Dem Papier. Dem Wind. Und auch den Wolken. Wild und frei. Wunder wollen wir zählen, so lange es noch möglich ist und sie sich ergeben auf ihren eigenen Wegen.

Werfen wir uns ins Wohlergehen. Das Wolkengeschehen wird zu unserem Leben. Kommen und gehen, immer mit dem Fluss, und nie dagegen.

Im Liegen lässt es sich besser träumen. Wir werden eins in unseren Luftschlössern. Formen Fantasien aus Wolken. Öffnen verschlossen gehaltene Zimmer in unseren Köpfen, die niemand zuvor betrat.

Ich schreibe uns fest. In jedem Herzen ihre eigene Geschichte hängt. An jedem Tag. Die Bilder der Vergangenheit sind in Stein gemeißelt, doch wir können sie durchbrechen wie ein Flugzeug die Schallmauer.

Nur für uns schreibe ich ein Manifest. In dem du Wolke bist. Und ich frei wie ein Regenkind. Der Wind tut sein Übliches, doch übel ist er nicht, denn im Verwehen ist er meisterlich. So treiben wir und geben uns wie einst als Kinder doch dem Leben hin.

Komm, wir überlassen uns dem Fluss des Lebens. Die Taten, die wir begehen, sind nicht vergebens, wenn wir lieben - was wir tun und uns begehren. Nur die Guten sieht man selten von Außen. Doch warum vertrauen wir uns nicht einander an? Trauen uns nicht aneinander ran? Geben wir uns nicht beide hin? Warum setzen wir uns nicht beide aus? Uns und was auch immer?

Vielleicht, weil du nicht fließen willst.
Und ich bin keine Wolke.

Es liegt sicher an der Richtung. Es kann so schlimm nicht werden. Lass uns dem Wind ergeben sein, ihm eine gute Partnerin zu werden. Richten wir unseren Blick doch einmal auf den Horizont und justieren neu, was uns beengt. Eine Windrose schafft das doch auch!

HERR ANTON MITTEN IM FRÜHLING

GÄNSEBLÜMCHEN gesellten sich zu den Krokussen auf dem saftigen Rasen. Als weißer Tupfenteppich drängelten sie sich dicht an dicht und reckten ihre Köpfchen der Sonne entgegen. Die wilden Tulpen brachen aus ihrem gewohnten Umfeld. Bald würde die Fette Henne wieder in voller Blüte stehen. Und auch die Hortensien grünten sich ordentlich mit den Frühlingstrieben der Zierkirsche zurecht, während die Schneeglöckchen sich schon längst in Szene gesetzt hatten. Man nannte sie ja nicht umsonst Frühlingsvorboten.

»Er ist ein Lügner. Der Frühling. Sagt man ihm doch nach, alles kehre mit ihm zurück«, kam es dem Herrn Anton. Ein heller Stoffläufer bedeckte die Mitte des schweren Holztisches. Obgleich Herr Anton sich nicht danach fühlte, den Frühling nun auch noch in sein Wohnzimmer zu holen, schmiegte sich der Stofffetzen mit dem brüllenden Blütenaufdruck wie eine Blumenwiese ins triste Wohnzimmerbild. Die Kaffeeluft, die höchstpersönlich auf Herrn Antons eigenhändiges Mahlwerk zurück zu führen war, bestieg seine knollige Nase und verströmte den unverwechselbar nussigen Duft in seiner kleinen Wohnküche. Den Osterkranz hatte Herr Anton bereits in Scheiben geschnitten und das Marmeladenglas mit dem rot-weiß gemusterten Deckel neben den Brotkorb gestellt. Sein liebstes Service deckte den Tisch. Zwar ein

14

Teeporzellan, das der Ostfriesenrose, aber was sollte der Geiz. Der Kaffee stellte keine Ansprüche aus welchem Behältnis man ihn servierte. Das waren sowieso alles nur selbstauferlegte Maßregelungen, allenfalls nachhallende Sätze seiner Mutter in seinem Kopf. Das Rosenmuster jedenfalls fragte nicht, ob man aus ihm Kaffee oder Tee trank.

Das Küchenfenster stand sperrangelweit geöffnet. Die Sonne hatte es zuvor nicht geschafft, das Glas mit ihren wärmenden Strahlen zu durchdringen. Regentropfen hatten sich mit Schneeflocken und Pollenflug zum Frühlingsanfang abgewechselt und es sich Schicht für Schicht auf der Fensterscheibe gemütlich gemacht.

»Den Guten regnet es aufs Grab, den Schlechten auf den Hochzeitstag«. Woher entstammten solche Bauernregeln? Handbemalte Eier hingen an den Weidenkätzchenzweigen seines Gartens. Eier, die Herr Anton eigenmündig ausgepustet hatte. Was für eine Sauerei, hatte er gedacht und genau das äußerte auch die Nachbarin einmal über seinen Garten. Verwildert war er, sein Garten, wie er selbst, doch liebte ihn Herr Anton wie er war.

Schokovarianten aller Art erwarteten die Kinder der Nachbarschaft in den Moosnestern und Herr Anton fieberte immer noch auf den Anruf seines Vaters, der sich nicht einstellen würde. Irgendein Nachbarskind würde schon noch kommen, die vorbereiteten Osternester auszuheben, da war Herr Anton sich sicher. Doch so lange er an diesem Ostersonntag auch wartete, niemand klingelte an seiner Tür. Nicht am Morgen. Nicht am Nachmittag. Und auch am Abend ließ sich keiner blicken. Niemand aus seiner Familie, nicht eine Menschenseele seines Bekanntenkreises. Nicht mal sein Patenkind.

Der Frühling war gekommen und Herr Anton blieb mit all diesem Erwachen alleine. Also deckte er kurzerhand den großen, schweren Holztisch ab, schüttete den Kaffee in den Abfluss und stellte das Marmeladenglas zurück in den Kühlschrank. Die Osterkranzscheiben setzte er geduldig und fein säuberlich wieder zusammen und führte sie dem Küchentuch zurück. Er nahm die dekorierten Eier vom Strauch, schloss das Fenster, den Frühling aus und aß die Schokolade. Er schickte die Vögel zurück in den Süden und nahm sich für den nächsten Lenz vor, etwas schlechter vorbereitet, dafür aber umso weniger alleine zu sein. »Begegnest du der Einsamkeit, dann leiste ihr Gesellschaft«, nun nervte ihn auch noch sein Abreißkalender.

In dreihundertfünfundsechzig Tagen – da wäre es doch immerhin schon ein Jahr und eine Woche her, seit er seinen Vater verloren hatte. Nicht in der Menge. Sondern aus seinem Leben. Sein Vater war gestorben. Mitten im Frühling. An einem wunderschönen Tag im April und Herr Anton hatte gelernt, dass der Frühling ein Lügner war. Nicht alles kam mit ihm zurück. Aber der April macht ja bekanntlich, was er will.

SCHNITTMUSTER

MANCHMAL denke ich an die frische Klinge meines Rasierers.

Glatt. Silbern. Sie glänzt, wiegt man sie im Taghell hin und her. Schön ist sie. Gefährlich schön. Scharf. Sie kann den Tod bringen. Oder Leben retten. Luftröhrenschnitt. Dringt spielend leicht in rohes Fleisch. In Gedanken halte ich sie an meine Narben. Die einst Wunden waren.

Meine Haut, sie ist bereits gezeichnet. Mit Zeichen der Vergangenheit versehen. Einer schmerzvollen Zeit. Aus Versehen geschah da nichts. Sie erzählen von alten Geschichten und neuen Tagen, aber den immer gleichen Schmerzen. Die ohne zu fragen niemand ganz versteht. Begegnungen mit dem, was sich gestern nennt. Das Früher im Hier und Heute. Ich selbst habe mich gezeichnet. Für immer schwer markiert. War meine eigene beste Beute.

Drückte ich sie viel zu oft erst sanft hinein, die Klinge ohne Klang, folgte in Trance versetzt ihrem Bann. Bereit, den Widerstand zu spüren. Sah ihr nach und den roten Spuren. Mit der Risikogefahr ins Gefecht zu ziehen, ich muss es wieder tun. Mit den Gedanken Spannung spielen, den Druck erhöhen. Auge in Auge mit Messers Schneide, um – am Ende doch nichts zu machen.

Diese Erinnerungen verblassen wie ein Hauch beschlagenes Badezimmerspiegelglas, doch viel zu oft stand ich dem gläsernen Tod näher als dem schönen Leben. Es gütig sein zu lassen, wie ein Kind, das lieber bockt, statt artig singt und damit aus der Reihe winkt. Darauf besinne ich mich erst jetzt, nach Therapie an Therapie, wohlbedacht auf mein inneres, verlassenes, kleines Ich.

Freiheit ist die Möglichkeit, alles tun zu können und doch nichts zu machen. Und die Klinge, sie stimmt ihr altes Lied doch hin und wieder an und ob ich mit ihr ringe und sie mit mir und mein Gewissen mit meinem ungesunden Tatendrang. So wie jetzt.

Zunächst streiche ich sie ganz sacht, dann immer drängender über die weichen, unberührten Hautstellen, die ich sanft zuvor mit ambrosischen Ingredienzien von Rosenöl benetzte wie im alten Ägypten Tote beim Bestattungsritual. Mit meinen gefühlsleeren Fingerkuppen fahre ich Hautkonturen nach, wie andere Strecken auf der Landkarte. Ohne zu wissen, wo ich ankommen werde.

Langsam verwandeln die Stellen sich in die tief-dunkelsten Schluchten und wechseln sich dann wieder mit den höchsten Höhen ab. Mir wird heiß und kalt. Wo ecke ich an? Oben oder unter? Dort, wo es mir zu eng wird. Die Linien präsentieren mir ihr strenges Gesicht. Aus Feinheiten erwachsen gewaltige Gemeinheiten, vermischen sich mit meinen inneren Stimmen, die immerzu auf meine Fehler pochen und es immer wieder tun, indem sie auf ihnen herumreiten wie der Teufel auf seinem lahmenden Pferd, der nichtvorhandenes Öl ins Feuer kippt und Rosensalz in Wunden streut. Mich in Scham einnebeln und mir Lösungen verwehren, das haben sie drauf, diese Kopfgeister. Und sie sind dabei unerträglich laut wie Lieder von Rosenstolz.

Sie lassen nicht zu, dass ich mich von ihnen löse, von ihrem Klebstoff, der aus Versagens- und Verlassensängsten gemacht ist und den sie mir in Form eines lebenslänglichen Schuldscheins vorlegen und immer wieder anheften wollen. Die innerlich wachsenden Monster, sie tun mir weh und sich vor meinem geistigen Auge auf. Entpuppen sich als Tsunamis, die sich vom offenen Meer an Land fressen, alles platt walzen und mich im Nachhinein verstört und einsam zurück lassen. Sie hinterlassen eine Spur der Verwüstung, in der keine Linie, keine Landschaft mehr zu erkennen ist.

Ich zeichne (mich) weiter und signiere meine lebensmüden Gedanken mit meinen Initialen. Ich trage sie mit langen Ärmeln und stehe nur zu ihnen, wenn ich nackt in der Dunkelheit liege. Dennoch rede ich über sie, das nimmt ihnen die Gewalt, den Raum, die Luft zum Bemitleiden. Ich quittiere meine Persönlichkeit mit einer Störung und gesunde im gleichen Augenblick, weil ich viel weiter bin, noch viel reifer als bisher, weil ich ehrlich zu mir und der Welt bin.

Großartig ist, wer zu seinen Fehlern steht! Und doch, gibt es immer wieder diese Momente, in denen es schwierig für mich wird. Zeichne ich nun schon geraume Zeit mit Finger-spitzen statt mit Klingen und lasse mir mit Tinte Rosen unter die Häute (die Schwimmhaut und meine zweite, sie ist aus Mut gemacht) stechen, für jeden Schmerz aus Kindertagen eine neue, male ich mir gerade, ohne Schnitt, dafür in den buntesten Farben aus, wie es wäre, wenn ich mein Leben d o c h beenden würde.

Die Wildrosen auf meinen Handrücken verschwinden. Die Ranken auf meinen Oberarmen auch. Nicht in Wirklichkeit, denn was erst einmal unter die Haut gegangen ist, bleibt für immer. Doch die Dornen werden gieriger. Alte Bekannte – Musterschnittmengen – melden sich. Der Druck wird größer. Jedes Mal, wenn ich es schaffe, mich nicht schaffen zu lassen, ist ein kleiner Erfolg.

Tintennadelngemalte Rosenzweige auf meinen vorge-zeichneten Körperstellen. Hin und wieder gieße ich sie hin mit Tränen und keinen Blüten im Haar, dafür mit Roses-Playlist auf den Ohren, merke ich, wie nah ich meinen Gefühlen und Ängsten, dabei weit entfernt von meiner Ratio bin.

Mit hohem Energieaufwand versuche ich mich zu-sammenzureißen. Es ist so anstrengend stark und vernünftig zu sein. Doch mit viel Kraft erzeuge ich Wärme und komme ins Schwitzen. Langsam trete ich meiner Vernunft immer näher gegenüber. Ich erkenne, ich habe mich sprichwörtlich in der Hand. Mit einem Schnitt wäre alles vorbei. Würde ich

Geschichte werden, in einem Meer aus Zeit, Zukunft, Jetzterleben und Vergangenheit still versinken. Immer werde ich es sein, die am Zug ist. Doch wann wäre es mein letzter?

Und umso mehr ich verstehe, welche Macht ich über mein Leben, dass ich mich wortwörtlich im Griff habe, umso mehr sehe ich dieses rosige Stück Haut, mein Fleisch, mein Blut als mein Musterstück, buchstäblich mein eigenes liebevolles Laster, als mein Leben an. Auf die Weise, wie ich es führe, (ver)lebe, (ver)liebe, kann ich es auch verlieren, wie niemand sonst.

Mit dem Gedanken wird mir neu ums Herz. Und warm (und die Vernunft wird stärker). Auch ohne festen Glauben bitte ich den Rosenstrauch um einen Gottesrat. Prompt erhalte ich die Antwort: Der Strauch beginnt zu blühen wie einst Nikos Kazantzakis' Mandelbaum.

Nein, ich will keine Schnitterin mehr sein. Ich bin kein Tod. Mein Gewissen wiegt leichter und es reift in mir die Rose, in der Himmel und Erde Platz finden. Die Schultern lockern sich. Geliebte Worte, gut gemeinte Gedanken, schenke ich mir. Sie formen und auch weiten sich, verlängern und bereichern mich und mein Leben wie einst das »Masnawi« des großen persischen Mystikers Dschalal ad-Din Rumi, das zu den Perlen islamischer Poesie gehört. Mein Herz wird weit und brennt lichterloh mitten ins Leben zurück.

Ja, ich könnte mich jederzeit beenden – wenn ich es wollte. Ja, ich könnte meiner Sehnsucht nach dem Nichts nachgeben und ja, ich könnte meinen Träumen, all meinen Wünschen, all meinem Sehnen – ihr Leben nehmen. Ich hätte es andererseits auch schon bereits ihres Mutes beraubt haben können.

Aber ich lebe noch. Verdammt nochmal, ich lebe noch! Ich werde mich nicht weiter vermissen. Ich fühle wieder Leben in mir. Statt *es* zu tun, lasse ich *es* zu gleichen Teilen ruhn' und die 301 gerade sein. Ich schenke mir diesen einen Moment der Entscheidungsfreiheit und hoffe insgeheim, dass auf ihn noch viele weitere folgen werden. Jeder Erfolg ist ein Erfolg.

Diese Einsicht, Kontrolle abzugeben und dabei nichts zu verlieren. Ganz im Gegenteil. Im Kampf um das Kräftemessen über mein eigenes Leben zu gewinnen: Tolle Aussichten! Dieses Energieelixier aus einem riesigen JA, das auch Platz für scharenweise NEINS enthält wie die p-q Formel Quadrate.

Die Geltungsgunst, meine eigenen Gedanken zu gestalten und mein gebeuteltes Vergangenheits-Ich dem Leben zurück zu führen, einem Leben, in dem ich mir, statt meine Seele weiter zu beschneiden, Rosen tätowiere, mit Fingerspitzen und Tinte spiele – bedeutet mir meine eigene kleine Welt.

Eine Welt, in der »Rose Tattoo« von den Dropkick Murphys zu meiner persönlichen Hymne geworden ist. Eine Hymne, in der es für mich darum geht, mich weder selbst zu verletzen noch an den Tod zu verlieren und in der jeder Einschnitt meines Lebens nicht gleich bedeutet aufzugeben. Sondern gerade von dort aus weiter zu machen.

Es bedeutet, dass mein »heiliger Rosenhain« ein Stückchen auf meinem Körper weiter wachsen darf: Kaminrot, pfirsichfarben, mit Schattierungen und hellen Konturen zeichne ich mich in außergewöhnlichen Farben, mit hübschen Narben. Ein ganz eigenes Schnittmuster entsteht, bei dem immer ein neues Rosen-Tattoo hinzukommt. In die zweite Hautschicht gestochen. Immer mit der Gewissheit im Hinterkopf: Jedes einzelne bedeutet, dass ich ein weiteres Mal geschafft habe, an dem es mich nicht geschafft hat. Denn ein Erfolg ist ein Erfolg ist ein Erfolg. Frei nach Gertrude Stein, dass eine Rose eine Rose eine Rose ist.

Feierlich entscheide ich mich jetzt und hier gegen das Leiden. Ich bin fürs Stechen, nicht fürs Schneiden.

Schwach werden und im gleichen Moment Stärke zeigen?
Ich bin fürs (stark) Bleiben.

FRÜHLINGSGEBLÜHE

VON Klippe zu Klippe war ich gestürzt. Ein Halbeslebenlang in den Zwiespalt hinein. Entwurzelt, verwundet, blütenarm, flügelgestutzt. Hürde um Hürde habe ich mir (in Empfang) genommen. Bin ins Wanken gekommen. Hochexplosiv das Wachsen zu trainieren wie ein Vogel, der nie gelernt hat zu fliegen.

Die Wutwellen kommen und wieder gehen lassen, lautet meine Nestaufgabe. Mich den Gedankenwolken anpassen, hingeben und wieder von ihnen ablassen, lernte ich jetzt erst Schlag auf Schlag, seit die Bäume Triebe tragen, sie mir die Winterwinde aus der Seele peitschen.

Auf Social Media verkünden: Die dunkle Zeit, sie ist vorüber. Blüten fanden mich und ich sie. Den Grabstein sanieren und neu chiffrieren, denn alles neu macht der Mai.

Die Blüten des Lebens, sie leuchten wie kleine Sonnen und duften nach der Zukunft, die sorgsam und lieblich über die dornigen Wunden der Vergangenheit wächst. Eingefasst in einem angemessenen Frühlingsrahmen. Unter ihm der Titel »Rosen, Tulpen, Nelken ... «. Ein neues Bild entsteht von mir und von dem Rest der Welt ohne zu viel von dem Schwarzweiß, dafür mehr Graustufen und Türkis. Viel Türkis. Viel von dem Türkis.

Der Regen, er hat nachgelassen. Gelassen lege ich mein geschlagenes Herz in trockne Tücher. Es kann die Sonne kaum erwarten. Und bei genauerer Betrachtung für mich in einem einzigen Frühlingsregentropfen ein gesamtes Universum steckt. Und die Tropfen, wie kleine Perlen gesellen sie sich auf jede einzelne der einhundert Blütenblätter von Rosa gallica. In ihnen sich ohnehin die jahrtausendalte Schönheit der Erde leis' verbirgt.

Für mich gibt es eine Zukunft, seit die Vergangenheit aus ihrem Dornröschenschlaf erwachte. Ein Halbeslebenlang. Wie wird mir endlich doch so rosafarben. Frühlingsgelüste nach Regen und Blütengefühlen.

Skepsis, Wut und Misstrauen tausche ich gerne ein, lege alles zusammen mit den Erdbeeren auf Eis. In der Tiefkühl-truhe bleibt genügend Zeit zum Übersommern. Dort werde ich sie so lange vergessen, bis mir Rosen aus dem Munde wachsen und keinen Platz mehr für die Dinge lassen, die mir in meinem neuen Leben nicht mehr munden.

Blühe, Rosenregen! Tauche mein angeschlagenes Herz in Frühlingsgefühle.

Mein Name, er bedeutet Rosengarten

Zwei Menschen begegnen sich. An einem Bahnhof geschieht es.

Es ist der Westausgang eines Hauptbahnhofs irgendwo in Deutschland. Mit begegnen meine ich nicht, dass ihre Oberarme sich berühren, nachdem sie unbekannterweise und ganz verträumt aneinander vorbei gerauscht sind. Ich meine nicht diese zwei Menschen, die sich am Haltestellenschild verabredet zu haben scheinen und schließlich am vereinbarten Treffpunkt aufeinandertreffen.

Mit Begegnung meine ich die höfliche Entschuldigung, die danach folgt, nachdem sich die Oberarme der Frauen küssten. Die kleine, zaghafte Pirouette beider Protagonistinnen. Das wirklich winzige, kurz aufflammende Glänzen in ihren Augen, für das man schon einen Moment in deren Pupillen verweilt haben muss, um es selbst erlebt zu haben.
Dann: Dieser magische Sommermantel eines Lächelns, der die beiden Münder der Frauen kleidet, die sich am Bahnhof begegnen. Ohne Worte. Und ohne sich zu kennen.

Und ich meine die Tränen der beiden Freunde am Zuggleis, die man nur verstehen kann, wenn man den Kuss ihrer Lippen dreißig Sekunden zuvor nicht verpasst hat. Die Worte, die sie einander ins flüsterten, sie werden für immer ihre bleiben.

An Bahnhöfen kommt alles zusammen. Abschiedslandschaften. Sehnsuchtsszenarien. Wiedersehensfreude. Es ist ein Mekka für Gefühle. Und eben Begegnungen. Begegnungen mit der Liebe. Mit der Sehnsucht und dem Frieden.

Auf ähnliche und doch absolut unterschiedliche Weise stehen sich an einem Montag auch zwei Fremde am Westausgang des Hauptbahnhofs irgendwo in Deutschland gegenüber. Stimmt nicht. Die eine sitzt. Draußen vor dem Bahnhofsgebäude an einem Schreibtisch. Einem Schreibtisch aus blau gefärbtem Holz. Verziert mit weißen Blumen, Kolibris und goldumrandeten Füßen. Zwischen Lautsprecherdurchsagen, parkenden und vorbeifahrenden Autos. An einem schnuckeligen, antiken Schreibtisch samt Schreibmaschine, neben sich einen Tafelaufsteller,

Mit glühenden Wangen erwartet sie auf ihrem ungewöhnlichen Arbeitsplatz Menschen, die sie noch nicht kennt. Inmitten von hastenden Reisenden, die aus Zügen steigen oder versuchen diese planmäßig auf den vorgegebenen Gleisen zu erwischen, um ins Gespräch zu kommen. Sie ist schwanger, die Sitzende. »Ursprünglich stammt das Sitzset aus Seattle. Ich hab es aber bei eBay Kleinanzeigen geschossen«, wird die Schwangere nachher ihrem Gegenüber berichten.

Die Frau, die ihr gegenübersteht, bedeckt ihren Mund und ihre Nase mit einer Maske. Sie war unterwegs zur

Eingangstür des Westausgangs. Viel zu interessiert daran, warum eine Frau an einem Schreibtisch mit Schreibmaschine an einem Bahnhof sitzt, bleibt sie erwartungsvoll stehen. Die Sitzende trägt schwere Ringe an allen zehn Fingern.

Die Frau mit der Maske lächelt mit ihren lindgrünen Augen, als sie die Worte auf der Tafel vorliest: »Schenk mir dein Wort« spricht sie laut und deutlich. Ihre FFP2-Maske verrutscht dabei. Sie rückt sie zurecht. Die Blicke der beiden Frauen begegnen sich. Jetzt müssen beide lächeln.

Nett fordert sie die Frau mit den auffälligen Ringen auf dem blauen Holzstuhl mitten im Getümmel heraus. »Und, welches Wort schenken Sie mir?«

Zwischen sich immer wiederholenden Bahnhofs-ansagen mit neuem und altem Inhalt und den ein und abfahrenden Zügen. Zwischen Menschen, die sich verab-schieden, dessen Oberarme sich streifen und die sich vor Wiedersehensfreude küssend in den Armen liegen, dort wo sich Blicke begegnen. Da sitzt eine fremde Frau und wünscht sich ein Wort.

»Ein Wort?«, gibt die Stehende verwundert mit den victoriagrünen Augen zurück. Ihre Hände erzählen von Urenkeln und schweren Zeiten. Nach unzählig geformten Pelmeni. Vielleicht Ballurria oder Maultaschen. Und von einer Frau, die trotz ihrer gepflegten Nägel zupacken kann, wenn es darauf ankommt, so scheint es zumindest. Die Sitzende wiederholt ihre gutgemeinte Forderung. »Ja, ein Wort!«

Die Frau denkt nach. »Ich mag einige deutsche Wörter.« »Haben Sie ein Lieblingswort?« Die Sitzende gibt ihr einen Impuls. Daraufhin zählt die Stehende einige auf und schaut dabei so sanft, als läge sie alle Wärme in die Bedeutung ihrer ausgewählten Worte.

»Verständnis. Bewusstsein. Zusammenhalt. Heimat. Gemeinschaft. Einigkeit.«

»Wissen Sie, wenn Sie mir ein Wort schenken, schenke ich Ihnen dafür ein Gedicht zurück. Wenn Ihnen gefällt, was Sie lesen, dürfen Sie mir dafür geben, was Sie möchten.« Die sitzende Frau schüttelt ein mit Kleingeld gefülltes Glas, in dem vorher einmal Rhabarbermarmelade gewesen sein muss, wie der Aufschrieb verrät.

»Ich spende das Geld einer Organisation in Russland, die sich für Menschenrechte und Meinungsfreiheit einsetzt. Die kümmern sich um die Menschen, die gerade von den Straßen verschwinden. Allein, wenn sie das Wort benutzen, was da gerade stattfindet: Krieg.«
Jetzt ist die Frau überzeugt. »Wissen Sie, ich schenke Ihnen ein Wort, aber ich habe meine eigene Meinung zu dem Krieg.«

»Das ist vollkommen in Ordnung. Verraten Sie mir, was Sie denken?«

»Meine Meinung ist gleichzeitig auch mein Wort, das ich

Ihnen schenke.« Die Sitzende schaut sie mit großen Augen an.

»Ich hole jetzt meine Tochter von Gleis zwei ab. Heute kommt sie von Aschaffenburg. Damals zweitausendfünfzehn ist sie mit mir aus Syrien geflohen. Hier nach Deutschland.«
Die Schwangere schluckt und hält einen kurzen Moment inne.

»Ich habe meine eigene Meinung zum Umgang mit Krieg. Insbesondere hier in Deutschland. Ich schenke ihnen das Wort – Frieden.«

Die Fordernde erwidert den Wortwunsch der Frau mit einem Kopfnicken. Anerkennend quittiert sie ihn mit einem winzigen Lächeln. »Gerne.« Sie senkt den Kopf und schließt die Augen. Gerade sitzt sie nicht mehr vor ihrer türkisfarbenen »Smith Corona«, die sie irgendwann mal auf den Namen Betty getauft hat.

In Gedanken begegnet sie der Vergangenheit, reist zurück. Vor ihren Augen tun sich Bilder auf. Sie denkt an ihre syrischen Freunde, die zweitausendfünfzehn ihre Heimat verlassen mussten und zu Flüchtlingen wurden. Sie erinnert sich an das große Engagement, das damals von der Bevölkerung ausging. An euphorische Begrüßungsempfänge, herzzerreißende Fernsehbilder und den Willkommensfluten an Bahnhöfen.

Es schmerzt ihr, damals wie heute, dass die geflüchteten Menschen nicht überall in Deutschland mit Freudenfesten begrüßt und aufgenommen wurden. Mit einem Mal überkommt sie ein schlechtes Gewissen. Ihr Hals schnürt sich zu. Für einen Moment würde sie am liebsten im Erdboden versinken. Sie stellt ihre Aktion in Frage. Gerade fehlen ihr die Worte. Sie schämt sich. Sie atmet ruhig und versucht sich zu sammeln, bis ihr nach einer ganzen Weile endlich Worte in den Kopf kommen, die zwar keinen Krieg der Welt beenden, die aber für sich sprechen. In einer Zeit, die mehr als sprachlos macht.

Ein letzter Blick in die Augen der Unbekannten, die ihr gerade Frieden geschenkt hat. Die Poetin will wissen, auf welchem Papier die Poesienotiz getippt werden darf. Die Frau wünscht sich das weiße Papier mit den Punkten.

Ein erneutes Lächeln. Dieses Mal ein gequältes, fast schmerzvolles. Dennoch ein Lächeln. In Wärme gehüllt. Mit Nähe bedacht. Von Ruhe beflügelt. Aus Frieden gemacht.

Frieden, das ist viel mehr ist als die Abwesenheit von Krieg. Es sind die vielen Lieblingsworte miteinander verwoben, auseinander gespeist, zusammen vereint: Verständnis, Bewusstsein, Zusammenhalt, Gemeinschaft, Einheit. Geborgenheit. Liebe. Frieden bedeutet Freundschaft. Heimat.

Höchst wahrscheinlich bedeutet es auch mehr als nur ein Wort, sondern einen der tiefsten und aufrichtigsten Wünsche, den die Schenkende mit den grünen Augen nur hegen kann. Möglicherweise, ist es nicht das erste Mal, dass sie dieses Wort verschenkt, ja, gar entsandt hat.

»Vergiss es nicht, wenn du weißt, was Frieden bedeutet«,

kommt es der Frau, die vor ihrer Schreibmaschine sitzt und die endlich zu tippen beginnt.

Als sie fertig ist, zieht sie das Notizpapier aus der Walze. Das schnell bebende Tippen ist verhallt und einem stillen Moment gewichen. Einem stillen Moment, der nur für die beiden bestimmt ist und von dem später einmal nur die beiden wissen.

Da ist er! Dieser Augenblick, in dem sich die beiden fremden Frauen begegnen und zu Freundinnen werden ohne es zu ahnen. Bis unter den Brückenkopf sind sie gezogen. Das Tippen der Poetin und der Friedenswunsch der Frau.

Die Frau liest ihr Geschenk, den Vierzeiler. Sie blickt von der Notiz auf, Wieder auf die Notiz und wieder von ihr auf. Sie nickt zustimmend als würde sie es absegnen. Und das tut sie! Ihre Augenlider füllen sich mit Tränen. Dann lächelt sie sogar. Dieses Mal ist es ein Herzenslächeln, das sie durch ihre Augen transportiert und ausdrückt.

»Gefällt mir sehr gut«, bringt sie ergriffen hervor.

»Freut mich sehr», gibt die Poetin heiser zurück.
Die Friedensträgerin spendet einen beachtlichen Schein in den Spendenpott. »Glück« steht da auf dem einstigen Marmeladenglas. Dann streckt die Frau ihre Poesienotiz in die Höhe. »Glück ist es, Ihnen hier zu begegnen.« Berührt von den Worten der Frau legt die Dichterin den Kopf zur Seite. »Das finde ich auch!«

Sie greift nach ihrem Füllfederhalter.

»Wem darf ich danken?«

»Gültisan«, gibt sie preis.

Die Augen der Sitzenden glänzen. »Schöner Name. Was bedeutet er?«

»Er bedeutet Rosengarten.«

Die Poetin ist beeindruckt.

»Namen sind Magie.«

Ein gütiges Lächeln erhellt Gültisans Gesicht.

»Und Frieden und Freundschaft seltene Rosen«, sagt sie und ich finde, ein Rosengarten behält immer recht.

BRÖTCHENSEITEN

ES gibt ja Menschen mit Eigenarten. Und es gibt Menschen, die sind einfach komisch. In doppeldeutiger Hinsicht. Beides wird erst in der genauen Beobachtung deutlich, wofür Hotellobbys, insbesondere deren Frühstücksräume, bestens geeignet sind.

Denn gerade, wenn Menschen sich in einer Essen-situation befinden und im besten Falle unbeobachtet fühlen, kommen die kuriosesten Merkmale zutage. Besonderheiten liegen da, wie ein offenes Herz bei einer Herz-OP.

Es lässt sich nur noch schwer verstecken, was dem hungrigen Unterbewusstsein fehlt, und erst recht nicht verdecken, wie gierig und ungeduldig das geschwächte und herabge-kommene Gemüt is(s)t. Wie schwer der Mensch doch in der Nacht leiden musste, schließlich hat er eine ganze zeitlang nichts zu sich genommen, im besten Fall verdaut. Und genau das, wird in den Morgenstunden zwischen 9:30 und 10 Uhr besonders deutlich, geradezu beobachtbar.

Idealerweise hat sich das entsprechende Hotel noch ein größeres Zeitfenster für eine Feldforschung ausgedacht, indem es beispielsweise bereits ab 6 Uhr ein Frühstücksbuffet anbietet. Aber die in seiner ganzen Fülle ersichtliche Komplex-ität der Warm-Kalt-Platten Schlachten wird besonders offensiv zu einer Zeit befeuert, in der der Durchschnitt auch wirklich gemeinsam dicht an dicht zum Essen drängt.

Hier, im Frühstücksraum des Hotels, feiert das ausgehungerte Herz, verdorrt wie eine Rose nach Rosenrost, dann endlich sein Comeback und zollt ihm in Form der Auswahl an Köstlichkeiten seinen Tribut.

Und wehe ihm, dem armen Herzchen, wenn es Andere frecherweise auf das selbe hartgekochte Ei abgesehen haben. Das Verhalten essbereiter Hotelbesucher*innen zur besten Frühstückszeit ist in den Buffetschlangen dieser Welt am offensichtlichsten und näher zu besehen.

Zu vergleichen mit dem guten alten Futtertrog, den Bauer oder Bäuerin wiederum auf den Höfen dieser Welt zu den Hennen trägt. Ganz nach dem Motto: Kaum gibt es was (umsonst), schließlich hat man ja für die Nacht inklusive Frühstück bezahlt, schon kommen alle angerannt und picken, was nicht niet- und nagelfest auf den schweren, weißen Buffetischdecken aufliegt oder ganz klar mit einer »Nicht zum Mitnehmen« – Bitte identifizierbar ist. Es herrscht eben Krieg am Buffet.

Es wird gelärmt, gedrängelt und zur Seite geschubst, was das Zeug hält. Der Proviant, die ungefrühstückte Trophäe, die wilde Magenbegierde, die mindestens bis zum Tisch reichen muss, vielleicht auch noch darüber hinaus, Hauptsache das letzte Lachsstück wandert in den eigenen Besitz, wird mehr oder minder lieblos auf der handeigenen Frühstücks-waffe, dem Teller, hoch wie breit gestapelt und gesichert gleich Klettertauen bei einer Bergbesteigung. Dieser Futterneid scheint viele Buffetgäste auch zu überrollen.

Andere Gründe lassen sich dem stummen »durch Menschen hindurch greifen wollen« schwerlich zuschreiben. Vielleicht dieser, dass man eine Art Ei-fersüchtelei und einen Speckspeisen-Neid entwickelt, sobald man im Buffetring wartet und wartet und wartet steht und gegeneinander antritt, obwohl man sich gegenwärtig noch ganz am Anfang, an den Bestecken aufhält, und man sich höchstens gerade warm gewartet hat.

Viele haben von ihrer Besteckstartposition aus bereits die nächsten, vor allem auch entferntesten Buffetwinkel im Blick, schließlich hat man es sich anfänglich im Vorbeigehen nicht nehmen lassen und sich einen Überblick über »sein Angebot« verschafft. Außerdem ist es wichtig seine Gegner*innen zu kennen. Während des Wartens erhält man also die Möglichkeit, die Konkurrenz auszuchecken und notfalls erste Strategien zu entwickeln, wie man dem eigenen Camembert MIT der Salatgarnitur am schnellsten auf di Schliche kommt.

Ein kurzer Blick auf das naheliegende Ziel verrät dann, die erste Buffetstation besteht zumeist aus Miniaturen von Rostbratwürsten, Ketchup, Senf und den geschmacklich doch eher faden Hackbällchen. Trotzdem hängen die Ansprüche hoch, schließlich brät man sich im trauten Zuhause doch auch zum Frühstück ständig Hackbällchen, oder nicht? Man sollte meinen, die Dankbarkeit wäre auch hier ein gern gesehener Gast, jedoch ist die Devise eher so: »Wenn die Teile zum Verzehr schon einmal daliegen, dann gehören sie einem auch und haben verdammt nochmal so gewürzt zu sein, wie man sie im Idealfall selbst am besten zubereiten würde.« Vorausgesetzt man ist nicht fleischfrei unterwegs oder hegt sonstige Einwände gegen das Bratwerk. Dieses Verhalten jedoch, erscheint mir noch das harmloseste Unterfangen und im Hinblick auf Sozialwissenschaften durchaus erklärbar.

Der Mensch verschafft sich eben gerne einen Überblick, während er ohnehin gezwungen ist zu warten und, er misst Fremdgebratenes gerne an der eigenen Leistung, auch wenn das im Hinblick auf die Hackbällchen-Theorie so eine Sache ist. Im Geiste wirft er jedenfalls schon mal Angelruten und verteilt imaginäre Handtücher auf den fruchtigsten Exemplaren der Silberplatten an Buffetstationen. Sind die Empfindungen Eifersucht und Neid rein evolutionär betrachtet doch durchaus einmal nützlich geprägte Emotionen gewesen ...

Einen Meter weiter lässt sich die Entjungferung des Toasterhebels beobachten. Er wird betatscht was die Finger hergeben. Bis die Weißbrotscheiben zu allem Überfluss unter einem kleinen Fiepser verbrennen, denn das Brötchensolarium ist heiß. Erhitzt es die Brote doch tatsächlich auf mindestens neunzig Grad. Und nicht nur der Schalter glüht, auch die berührbaren Metallflächen tun dies, vor allem während das gesamte Teil arbeitet. Damit der Hebel im laufenden Heizbetrieb in Ruhe gelassen wird, damit Mensch sich eben nicht ordentlich den umtriebigen Finger verbrennt, kommt das Gerät serienmäßig mit einem Schalter daher, der den Röstvorgang vorzeitig abbrechen kann. Das ist allerdings nicht jedem menschlichen Exemplar gleichermaßen bekannt und hindert natürlich nicht daran, es – zugegeben – sehr durchsetzungsvermögend weiter zu versuchen und die Brotscheiben nach eigenem Ermessen aus dem laufenden Toast-Betrieb zu entfernen. Zum Glück eilt eine helfende Hand von hinten herbei. Ein Maskulino hat es sich, wohl entsprechend seiner Urinstinkte, zur Aufgabe gemacht, hier einzuschreiten und dem Weibchen an der Maschine Hilfe zu leisten.

Ganz anders als in steinzeitlichen Verhältnissen muss er zwar kein Feuer machen, sich dafür aber um dessen Löschung zu kümmern. Gut beobachtbar hängt er stammesgemäß seines Geschlechts selbstverständlich entsetzlich nah im fremden Tanzbereich seiner Jane – ohne Maske, denn die Maskenpflicht ist just an diesem Wochenende zur Freiwilligkeit herabgestuft worden – und weist in bester King-Kong Manier auf den Knopf des Elektrogeräts hin, welcher dann verdammt nochmal genau diese hilfreiche Funktion besitzt, den Heizvorgang während des Toastens zu unterbrechen.

Ein anderer Hotelfrühstücksgast hält hingegen gar nichts von seinem ihm zugewiesenen Sitzplatz und beginnt gleich schon mal in der Schlange damit, die Bodenrückseite seiner Backware zu bearbeiten. Dafür dreht er seine Vollkorn-schrippe einmal um die eigene Achse. Den Erdbeermarme-ladenlöffel entnimmt er aus dem nach Muttis-Einmachglas anmutenden Gefäß und beginnt in aller Seelenruhe damit, sich die Wartezeit in der Buffetschlange mit seinen ganz persön-lichen Schmierereien zu vertreiben. Und zwar, indem er die Unterunterseite seines Brötchens mit der Löffelladung belädt, bewegt und bedeckt. Mit dem Löffel seines Vertrauens wie sich später noch herausstellen sollte. Das wiederholt er mit allen drei Brötchen auf seinem Teller. Schließlich hat der Tag nicht ewig Zeit. Tische und Sitzmöbel werden ohnehin überbewertet.

Erst als er auch wirklich sicher geht, dass all seine unaufgeschnittenen Brötchen auf der Unterseite beladen sind und er die Marmelade restlos aufgebraucht hat, lässt er von seinem Tun ab. Zum Abschluss leckt er den Marmeladenlöffel hingebungsvoll sauber und stellt ihn dann zurück ins Glas.

Eigenarten über Eigenarten. Zum Glück sind freundliche Hotelmitarbeiter*innen stets zur Stelle und dabei behilflich unerlässlich mit den Auffüllarbeiten zu beginnen. Nicht auszudenken, dass etwas am Buffet nicht mehr verfügbar sein könnte. Unwiederbringlich aufgegessen – der Alptraum am Buffet.

Irgendwann bin ich durch mit meinen Beobachtungen. Ich säubere mir den Mund mit einer Serviette und werde vom

Nachbartisch genauso begutachtet und beäugt wie ich es selbst vorher die ganze Zeit mit der Aussicht auf das Buffet getan habe. Es ist eben spannend hier. Besser als Fernsehen allemal. Da laufen ohnehin nur die Tagesthemen, die uns neben all den humoresken Situationen immer wieder ernst auf die buffetverschmierten Fingerchen hauen und uns daran erinnern, dass die Welt daneben ist und viel zu ernst.

Da ist so ein einsames Frühstück in Gemeinschaft doch ein echter Segen in diesen Zeiten und bei Weitem besser als echter Krieg.

Was bin ich froh, dass der Rosenkavalier neben mir am Tisch genau zu meinen Abschlussgedanken den richtigen Spruch für mich parat hat, nachdem ich selbstverständlich gebetet habe. Nicht. Als ich mein Notizheft schließe, meinen Kugelschreiber wegpacke und von meinem Designerstuhl aufstehe, aus dem ich fast nicht alleine hochkomme, wünscht er mir doch tatsächlich ernst wie eine Flunder einen »Guten Rutsch«, nachdem sich ihm nach einem kurzen Smalltalk meine Neuntermonatskugel offenbart.

Macken hin oder her. Eigenart oder eigenartig. Besonderheit oder Charakterzug, das entscheidet sich wohl nicht nur am Buffet, sondern generell auf dem freien Feld und nicht zu Hause in den eigenen vier Wänden.

Vor der Tür lernt man eben Menschen und Situationen kennen, die sich einem nur offenbaren, wenn man hinsieht und seine gewohnte Umgebung verlässt.

Erst wer eine Reise tut, kann auch was erleben. Und ohne Berlin, hätte es diese Geschichte, geschweige denn »Er bedeutet Rosengarten« gar nicht erst gegeben.

LIEBESSCHWUR

SCHREIBST du mir mal ein Liebesgedicht?

Ein Gedicht? Das kann ich nicht. Und überhaupt, was weiß ich denn schon von der Liebe? Antworte ich.

Ich bin ihr nie begegnet, noch habe ich sie jemals selbst gesehen. Ich weiß nichts von der Liebe. Erst recht nicht von Gedichten. Doch folgst Du mir in meinen inneren Rosengarten, in dem die schönsten Sorten warten, dann stelle ich Dich ihnen vor. Vielleicht wissen wir beide dann mehr als je zuvor. Ich lade Dich ein.

Komm mit,
komm mit mir ein Stück geradewegs in Richtung meiner Rosenbataillon. Ich zeige Dir, wo ich an den Gewächsen und den Gerüchen hänge. Wir sammeln ein paar Bütenblätter, komponieren Düfte aus ihrem Odeur und schreiben unser eigenes Gedicht in unseren Herzen fest.

Dafür brauchen wir abgesehen von ein wenig Herz-bluttinte nur uns. Damit meine ich Dich und mich und ein paar Rosenkränze. Die flechten wir in unser Haar. Das kühlt die Stirn und siehe da, neben der Liebe, die mal laut, mal lieblich zu uns spricht, wird auch sie es sein, die uns ehe wir's uns versehen, am Ende unser vollgestopftes L(i)eben mitsamt unserem Genick dann bricht?

Damit dem nicht so ist, lasse Dich einfach ungern

wieder los. Wir verschütten Wein und Tränen auch markieren Duftstoffe an Stellen, an denen neue Rosenbüsche wachsen. Aus denen werden wir weiter Kränze flechten, Düfte ernten. Mit Liebe belegen wir uns und unsere Schwüre, bis das aus unseren Herzen Rosenknospen werden und die Blüten uns aus den Mündern wachsen.

Wir werden mit einfach mit leeren Versprechungen brechen und uns einander schwören, alles anders zu machen als der Rest der Welt.

Uns beiden passiert die Liebe nicht.
Sie ist. Sie bleibt. Mal ja, mal nicht.
Sie kommt. Sie geht. Schreibt ihre
ganz eigene Geschichte.

Für uns.

Und überhaupt: Wer liest
schon gern Gedichte?

LIVETICKER

HIER in der Hauptstadt stehen sie sich so individuell wie möglich die Beine in den Bahnhofsbäckerbauch und regen sich über Zimt-Wuppis, Käsezöpfchen, Rosinenstütchen und Laugen-Röschen auf. Dort, wo die Donauwellen, Bienenstiche und süßen Obstschnittchen die doch scheinbar gewöhnlichsten Bezeichnungen tragen, erwartet man mindestens den roten Bäckerteppich, wenn man nicht gleich ausrasten will wie Sebastian Kamps höchstpersönlich.

Während nebenan in nicht mal zwanzig Metern Entfernung eine Menschentraube aus tränenden Frauenaugen, gähnenden Kindermündern und rückenstärkenden Männerhänden vor der Bahnhofsmission darauf wartet, dass ihnen ihre zukünftige Unterkunft zugewiesen wird.

Auf den Rücken der Blauwesten verraten laienhaft gepinselte Filzstiftlettern D/EN/PO, in welcher Sprache die Zukunft der Wartenden wahlweise verkündet werden kann. Von dieser ungewissen Zukunft kennen die Meisten bisher nicht mehr als den Stadtteil. Wenn überhaupt.

An mir vorbei wird ein Wagen geschoben. Er ist mit verlumpten Plunder beladen. Und damit meine ich weder Kirsch noch Pudding, sondern Kleidung. Klamotten, die halbherzig aussortiert und vielleicht nicht einmal gewaschen wurden.

46

In meiner Erinnerung formen sich Jan Offs Worte von gestern Nacht. Seine Lesung leichte bis mäßige Beschimpfungen des Publikums. Kurzweilig, humorvoll und unterhaltsam, aber auch mit erhobenem Zeigefinger. Ein Punk-Pädagoge für bierliebende Erwachsene. »Ein akustischer Ritt auf der Rasierklinge, ein Fest fürs Zwerchfell« und gleichzeitig klar auf den Punkrockerpunkt.

»Wer es sich irgendwie leisten kann, spendet Geld«, verkündete er und traf bei mir auf offene Ohren und ein zustimmendes, beklemmendes Gefühl in Brust und Hals. Mein Babybauch meldet sich mit einem kurzen Tritt, dann schnürt mir das Gefühl von gestern Abend wieder den Hals zu. Ich denke an die Geburtsklinik in Mariupol, die von Putin bombardiert wurde. »Schwangere und ihr ungeborenes Baby sterben nach Bombenangriff«, lautet die Schlagzeile. Ich weine. Zwischen Zimt-Wuppis und Laugen-Röschen. Am Berliner Hauptbahnhof. Zwischen Menschen, die von hier aus in den Urlaub reisen. Ihre Lieblingsmenschen wiedersehen oder von der Arbeit kommen. Von Afghanistan nach Mali über Libyen nun auch noch in die Ukraine und den Jemen. Bei der Liste handelt es sich nicht um Reiserouten, sondern um Kriegsgebiete. Die Liste ließe sich noch mit zwanzig weiteren Konflikten und Ländern bestücken und nach Kriegsgebietsbelieben erweitern.

Krieg. Überall auf der Welt und zu jedem Zeitpunkt sinnlos. Was macht Macht? Und warum k r i e g t wer nicht genug von was? Skrupellos hinterlässt er tiefe Wunden, Narben, Zerstörung und Elend für die Zivilbevölkerung, vor allem für die im Krieg gefangenen und traumatisierten Kinder. Und zwischen all dem Plunder, den Teilchen und Schnittchen stehen wir diesen Geflüchteten auf einmal näher als Pudding, Kirschen und Streuseln.

Tod, Trauma und geplatzte Träume sind mit einem Mal Realität. Aus der Ferne in die nächste Nähe gerückt scheinen die Internetbilder. Berichterstattungen wie aus einer anderen Welt weichen und wechseln sich mit der Wirklichkeit ab, die auf einmal aus »echten Menschen« besteht. Wir stehen dem Krieg näher als uns lieb ist, Auge in Augen mit seinen Verwundeten, näher noch als unserer nächsten Zugreise in ein warmes, schönes Zuhause. Und mittags um drei wird eine Flucht plötzlich zum bitteren Tatsachenbericht, statt zum Kaffeetafeltratsch. Tatsächliches Erleben reiht sich an den Teebecher aus nachhaltigem, den man im Vorübergehen an jeder Bäckerecke erhält. Und füllt man »Flucht« mit Leben und Bedeutung satt mit Pudding und Kirschen und heißem Tee, so wird aus sicherer Entfernung gegenwärtig erschreckend kalte Nähe.

In der gleichen Sekunde meiner Gedanken bekomme ich, wartend in der Bahnhofsbäckerschlange, eine Top-News-

Meldung auf mein Mobiltelefon geschrammelt: »Schock-Aus für Niersteiner Germany's Next Topmodel: Teilnehmerin Puppi van Duppi ist raus«. Was für eine herrliche Windbeutelwichse für die Synapsen. Ein Rosenkrieg zwischen Unwirklichkeit und Realität vom Feinsten. Wie zu erwarten ohne Happy End. Wer soll da noch klar- und vor allem mitkommen?

Egal! Der Bäckereifachverkäufer vermeldet: »Herzlich willkommen auf ihrer Flucht nach Deutschland zur besten Kuchenzeit aus rosengeblümtem To-go-Becherchen, und hier ist Ihre Donauwelle mit praktischem Holzlöffelchen.«

Aus den Augen, aus dem Sinn. Bing-Bing. Ich schaue auf mein Handy. Es warten weitere Top-Meldungen. Na dann, lass mal sehen, wie es bei Amber Heart und Johnny Depp aussieht. Die befinden sich doch gerade in einem echten Rosenkrieg ...

NEUANFANG

ER legte seine Schlüssel auf den Küchentisch. Die Gelassenheit baumelte bereits am seidenen Faden, ebenso wie seine Geduld neben den Tanzschuhen am Nagel hingen. Immer, wenn sie Probleme hatten, saßen sie in der Küche und immer wenn sie in der Küche saßen, hatten sie Probleme.

Sie ließ einen tiefen Seufzer. »Du wirst gehen, nicht?« Dieses Mal schien es ihm ernst zu sein. Gequält blickte er sie an. Mit zitternden Fingern rückte sie ihre Brille zurecht. Die hatten beide vor zwei Monaten noch gemeinsam für sie ausgesucht. Irgendwie war es auch seine Brille. Genau wie die Küchenstühle auf denen sie saßen auch seine waren.

Er dachte nach. Als gute Freunde gehörten die beiden zusammen, auch wenn von diesem »Zusammen« gerade nicht mehr viel übrig war. Auch ihre Herzen gehörten irgendwie zueinander, aber es schien als hätten eben diese sich wie zwei Schiffbrüchige auf hoher See verloren und auf verschiedene Inseln gespült. »Ich muss«, erwiderte er schließlich mit gebrochener Stimme.

Sie versuchte das Wörtchen »muss« zu deuten. Eigentlich war es klar, aber verbarg sich darunter nicht im Unterholz doch ein Fünkchen Hoffnung? War er sich seiner Sache wirklich sicher?

Irgendwas war da, was nicht mehr passte, ja. Was

zwickte und zwackte wie eine viel zu enge Bluse und wie Rückenschmerzen, die schleunigst behandelt werden mussten. Bloß, dass es sich bei ihrem Schmerz nicht um Rücken-, sondern um Herzschmerz handelte.

Liebeskummer. Und auch, wenn der zwar keinem psychischen Krankheitsstatus, keinem IDC-Code, zugeordnet war, dieser seelische Schmerz, all die Trauer und Verlustangst konnte einen ganz genauso außer Gefecht setzen wie eine handfeste Depression.

Auf diesem »irgendwie« konnte jedenfalls keine funktionierende Ehe basieren, fand er. Doch für sie war das kein Grund, die gesamte Beziehung zu beenden.

Sie schickte ein paar intensive Gedanken an ihn. »Wir gehören doch zusammen!«

Er lehnte sich zurück und ließ seine Blicke im Raum umherwandern. Verzweifelt versuchte er einen Punkt in der Küche zu fixieren. Es gelang ihm nicht.

Pathetisch setzte sie nach. »Aufgeben ist doch keine Option!« Alle Wiederbelebungs- und Verhandlungsversuche, die in der Vergangenheit stattgefunden hatten, waren größtenteils und immer wieder an denselben unlösbaren Problemen gescheitert und so sehr er es sich wünschte, er war inzwischen müde, sehr müde geworden.

»Unsere Diskussionen zermürben mich. Wir drehen uns im Kreis. Seit Jahren schon.« Er sagte es so traurig, dass sie eine

Gänsehaut bekam. Das weckte erstrecht den Kampfgeist in ihr. Irgendwas in ihr wollte seine Gefühle nicht akzeptieren. Der Verlust- und Kontrollwahn, dem sie sich selbst unterstellt hatte, war zu mächtig. Stattdessen ging es ihr ab jetzt nicht mehr primär um die Rettung ihrer Ehe. Ein Gewinn musste eingefahren werden.

»Du vergisst, was wir alles schon geschafft haben«, taktierte sie. Nervös fasste er sich den Bart. »Zählt das etwa nichts mehr für dich?«, setzte sie nach.

Ihre Beziehung glich zwei Puzzleteilen, die nur mit Druck und einem gewissen Aggressionspotential wieder und wieder ineinander gedrückt wurden. Sahen sie jedoch genauer hin, passte es hinten und vorne nicht mehr. Und, obwohl sie genau das ahnten und es umso weniger wahr haben wollten, versuchten sie es lieber doch noch zum tausendundeinen Mal von vorne.

Er erinnerte sich daran, dass sein Bart sie zuletzt extrem gestört hatte. Beim letzten Mal war er Anlass genug zu einem handfesten Streit gewesen und auch sonst, ließ sie im Alltag kein gutes Haar an ihm.

»Es passt nicht mehr wie früher, das musst du doch auch zugeben. Du lässt mich nicht sein wie ich bin.«

Mit etwas Ruhe und Abstand würde man die Teile, die zueinanderpassten eventuell ausfindig machen können. Aber Puzzeln war eben auch nicht jedermenschs Sache.

Sie versuchte es mit Verständnis. »Ich gebe zu, dass ich nicht immer ganz fair zu dir bin. Aber du hast auch deine Fehler. Das ist doch ganz normal in einer Beziehung.«

Er wusste nicht, was er sagen sollte. Er sah nur zwei verbleibende Möglichkeiten: Sie konnten weiterhin die Augen davor verschließen und weiter zusammensetzen, was nicht mehr zusammengehörte. In diesem Fall würde sie wie sooft darüber hinwegsehen, was eigentlich nicht mehr funktionierte.

Oder aber, sie ließ ihn endlich los. In diesem Fall würde die Suche von Neuem losgehen. Nach einem passenden Teil, möglicherweise stellvertretend für eine neue Wohnung und einem neuen ... aber daran war jetzt erstmal nicht zu denken. Er schüttelte den Kopf. »Ich werde gehen, ja.«
Er sagte es ruhig und mit fester Stimmte. Sein abgeklärter Blick verriet, dass er seriös wirken wollte. Doch seine Hände sprachen eine andere Sprache. Unsicher und mit einem uneindeutigen Schulterzucken fuhr er sich mit beiden Händen durchs Haar und verschränkte sie in seinem Nacken.

Ihr entging das nicht. Sie nahm seine Unruhe und Unentschlossenheit als Herausforderung. Statt sein Bedürfnis zu akzeptieren, nahm sie es zum Anlass nun mit Kalkül an das drohende Beziehungsende heranzugehen. »Ich frage mich, ob du dich an den Gedanken gewöhnen kannst, dass du unsere gemeinsame Wohnung, mit all unseren Erinnerungen, jetzt gleich mit gepackten Koffern verlassen wirst. Wir wollten doch am Freitag auf das Konzert.«

Alles sträubte sich in ihm, jetzt in diesem Augenblick an ein gemeinsam bevorstehendes, schönes Ereignis zu denken. »Die Karten können wir Bastian und Marlene geben.« Damit hatte sie nicht gerechnet. Alle Härchen stellten sich auf und sie sah ihre Möglichkeiten zur Versöhnung dieses Mal wirklich schwinden. »Wir können doch jetzt eine Pause machen und dann trotzdem gemeinsam hingehen. Ein bisschen Abstand tut uns vielleicht ganz gut.«

Fassungslos darüber, sie könnte diesen Vorschlag wirklich ernst meinen, schüttelte er den Kopf. Die Karten hatten sie auch nur aus einer Versöhnungsaktion nach einem Streit um die Spülmaschine besorgt. Das war zu einer Zeit als beide schon nicht mehr unsterblich ineinander verliebt gewesen waren und mehr um des Überlebens wegen schwammen und nicht aus der reinen Freude am Wasser.

Fast zwei Jahre hatten sie jetzt gemeinsam hier gewohnt. Davor waren sie ewig zusammen gewesen. Vierzehn Jahre fühlten sich tatsächlich nach einer kleinen Ewigkeit an, wenn man bedenkt, dass beide erst Anfang dreißig waren.

Die erste große Liebe. Der erste Sex. Die erste gemeinsame Wohnung. Hochzeit. Verliebt waren sie, jede einzelne Etappe ihres gemeinsamen Lebens hatten sie gemeistert. So sehr, dass auch niemand sonst an ihrer Liebe zweifelte.

Keiner ahnte, wie sehr sie selbst es stattdessen seit einiger Zeit taten. Küsse fühlten sich anders an. Zwei Lippen, die sich zwar berührten, doch nicht mehr wie früher fühlten und zwei Herzen, die ihre Sprache miteinander verloren hatten.

Die flüchtigen Berührungen ihrer Hände lösten sich nicht selten mit genervten Blicken ab. Listen voller Fehler, die man aneinander fand, wurden lang und länger wie Winterabende ohne Heizung und zu Vorwurfsgeschossen im Kampf um die besten Beziehungspositionen. Sie führten eine Ehe, in der die Freundschaft und das Verständnis abhanden gekommen war wie anderen ein alter Stock oder Hut.

Er versuchte einen Satz zu formulieren, der ihr keine Möglichkeit zu einer erneuten Manipulation gab. »Ich empfinde es als unfair, dass mein Wunsch zu gehen nicht von dir gesehen wird.«

»Dann geh doch, wenn es dein tiefster Wunsch ist!«, schoss es patzig aus ihr heraus. Trotzig nahm sie ihr Mobiltelefon zur Hand und scrolle sich durch ihre Bilddateien. Tausende von Fotos waren mittlerweile aus den gemeinsamem Jahren entstanden. Die Wände ihrer Wohnung, die sie in ihren Lieblingsfarben Kaminliebe und Rosenreslie angestrichen hatten, strahlten schon lange nicht mehr. Einzig die Sonnenstrahlen schienen sich unermüdlich Wege zu suchen, ihre Räume zu erhellen. Langsam wurde sie wütend. »Ich halt dich bestimmt nicht auf. Mach doch was du willst! Ist mir scheißegal«, log sie wie gedruckt. Auch den unzähligen Grünpflanzen und Blumen war die Gefühlskälte der beiden nicht entgangen. Das konnte man ihren hängenden Blättern und Blütenköpfen ansehen. Vielleicht waren sie die einzigen, in denen noch der Überlebenswille pulsierte.

Es ließ sich nicht leugnen. Die Alleinsamkeit hatte längst Einzug genommen, obgleich die beiden miteinander lebten und zumindest nach außen hin gar nicht alleine waren. Er wagte einen erneuten Versuch und überlegte genau, was er ihr jetzt zur Antwort geben sollte.

»Danke!« Sie war irritiert. »Danke?« Was sollte das? Die Möbel ihrer Kindheit hatten sie eigentlich nur als »vorübergehend« in den Wohnräumen platziert. Geplant waren neue Möbel, doch alles mit der Ruhe und erst dann, wenn man sie sich tatsächlich auch leisten konnte. Sie wollten damals nichts überstürzen und den gemeinsamen Möbelgeschmack nicht vorschnell auf die Probe stellen.

Jetzt drängte sich ihm eine Erinnerung auf. Wie sehr war sie einmal ausgeflippt, als er es wagte, seinen neuen Schreibtisch ins gemeinsame Schlafzimmer zu stellen, um sich auch eine kleine Arbeitsnische zu schaffen. Ihren hatte sie dabei schon längst im Wohnzimmer arrangiert und großzügig nach ihren Vorstellungen dekoriert.

»Ich danke dir, dass du meine Entscheidung akzeptierst.«

»Pfff«, ihr gleichgültig klingender Laut sprach mehr als tausend Worte. Die geschreinerten Erinnerungen in Form ihrer jeweiligen in die Jahre gekommenen Kindermöbel wirkten jetzt eher wie verlassene Kirmeskarussellpferde, an denen man sich schon viel zu lange vergeblich zu klammern versucht hatte.

Und jetzt, wo man die Möbel ohnehin wieder raus räumen würde, entstand zusätzlich zu der Leere in den Räumen auch noch eine Kälte, die sich so unerträglich anfühlte, dass eine Flucht für ihn zur einzigen Option geworden war.

Sie klammerte jedoch, krallte sich wie wild an eine Rettungsvorstellung, die ihre Beziehung – wieder einmal – in die nächste Runde bringen sollte. Verzweifelt schickte sie Stoßgebete und Wunschbotschaften gen Himmel, obwohl sie nicht gläubig war und bat darum, dass er schwach werden und es sich noch einmal überlegen würde – wie sooft.

Doch so sehr ihr Hirn sich dringend irgendwelche unrealistisch romantischen Hollywoodszenen zusammen-zubrauen versuchte, die auf einen Neuanfang mit Riesen-rosenstrauß im Türrahmen hoffen ließen; sie zerschellten unliebsam wie Rosenthal Porzellan und nahmen ihr jeglichen Hoffnungsschimmer auf ein Happy End.

Die erste gemeinsame Wohnung endete wohl als Kriegsschauplatz und diente als letzte Ruhestätte ihrer Ehe.

Doch sie gab nicht auf und versuchte eine andere Taktik. »Was ist mit der Waschmaschine?« Die Waschmaschine war ein Geschenk ihrer Eltern. Das junge Paar war sich damals nicht einig darüber gewesen, ob man sich über dieses Weihnachtsgeschenk freuen sollte oder nicht.

»Ihr braucht jetzt einfach eine Waschmaschine«, hatte ihre Mutter immer wieder gepredigt. Warum der Waschsalon plötzlich nicht mehr gut genug sein sollte, verstanden sie beide nicht. Es war wie ein Band zwischen ihnen, eine Art Ritual. Sie hatten herzhaft und viel darüber gelacht und die Maschine als Schlüsselfaktor dafür verantwortlich gemacht, dass jetzt wohl der Zeitpunkt gekommen war, an dem sie als schrecklich erwachsen galten.

Von seinem Vater stammte der Werkzeugkoffer. Auch wenn dieser nichts davon ahnte, dass sein neuer Besitzer mit zwei linken Händen ausgestattet war, dem Heimwerkerdrang der Schwiegertochter tat das keinen Abbruch. Unmissverständlich neckte sie ihn bei jeder Gelegenheit und rieb ihm unter die Nase, dass sie diejenige sein musste, die mit dem Talent zum Bohren und Schrauben ausgestattet war. Er nahm es mit Humor und gemeinsam probierten sie sich durch den Koffer. Ganz zum Stolz seines Vaters, der mit glänzenden Augen verfolgte, wie sich die beiden ergänzten.

Sie hatte sich zu seinem Geburtstag den Spaß erlaubt und zwei ergonomisch geformte Linkshändermäuse auf der einen Seite des Koffers angebracht. »Für deine zwei linken Hände, die immer Recht haben, nur das Beste, Baby«, hatte sie ihm in die Geburtstagskarte geschrieben. Jetzt verstellte sie wie aus dem Nichts auf einmal ihre Stimme und imitierte ihren Schwiegervater: »Du musst doch auch mal was an die Wand dübeln!«

Unwillkürlich brachte ihn das zum Grinsen. Gebetsmühlenartig benutzte sein Vater diesen Satz, an allen Sonntagen, die sie zu Besuch kamen, während er an den Spitzentischdeckchen herumzupfte und seine Frau ihn mit strafenden Blicken davon abzubringen versuchte.

»Du musst doch auch mal was an die Wand dübeln!«, wiederholte er gewohnheitsmäßig. Ein erneutes Lächeln bedeckte seinen müden Mundwinkel und erholte seine angestrengten Züge.

Er kratze sich an der Nase. »Ehrlich gesagt habe ich mir noch keine Gedanken um Wanddübel gemacht.«

Hoffnung keimte in ihr auf. »Aber über uns?« Wahrscheinlich würde sie den Werkzeugkoffer und er die Waschmaschine behalten. »Um nichts anderes.«

Ihre Mutter hatte offiziell immer davon geschwärmt, dass »ihre Kinder erwachsen werden würden«, nachdem ihre Tochter von zu Hause ausgezogen war. Doch die Wahrheit war eine andere. Zwischen den dreimaligen Anrufen pro Tag, die offenbarten, sie verkraftete ihren Auszug alles andere als leicht, kam hinzu, dass sie ihn insgeheim gar nicht erst akzeptieren wollte.

»Mein kleines Mädchen gehört wieder nach Hause«, schluchzte sie jedes Mal in den Hörer. Und genau das, ließ sie die beiden bei jedem ihrer Besuche auch spüren. Schamlos nutzte sie die Gelegenheit aus, für ihre Tochter alles Mögliche zu entscheiden. Wie groß ihr Hunger sein würde, was sie zu denken und tun hatte.

Eigentlich war es für beide die ganz große Liebe gewesen. Bis zu dem Zeitpunkt, als sie es auch für alle anderen geworden war. Er stand auf.

»Mach es mir doch nicht schwerer, als es ohnehin schon ist.« Seine Augen hielt er für einen kurzen Moment geschlossen, seine nassen Lider zu verbergen.
Mit bebender Flehstimme beugte sie sich blitzschnell über den Küchentisch und zog ihn gewaltvoll an seinem Rollkragen-pullover zurück auf den Stuhl.

»Nein, bitte! Ich kann nicht ohne dich sein«, schrie sie.
»Hilf uns doch! Wir kriegen das wieder hin! Bitte, lass es uns das doch wieder hin kriegen.« Er blieb hart. »Es gibt kein Wir mehr. Ich kann das nicht mehr.«

»Bitte, nur noch eine letzte Chance! Bitte. Bitte.«
Hin- und hergerissen zwischen Mitleid und seinem Entschluss versuchte er einen klaren Gedanken zu fassen. »Versteh doch, es wird nicht bei dieser letzten Chance bleiben.« Wie es auch nie bei dieser einzigen letzten Zigarette blieb, so sehr man sich das Rauchen auch abgewöhnen wollte. Nichts wurde besser,

wenn man es nicht endlich ganz aufgeben würde. Er wusste, nur ein Zigarettenrückfall und die Schwäche war so gut wie besiegelt: So sehr man es sich auch vornahm, es würde nie bei dieser einen, bei dieser Letzten bleibe, wenn man es nicht durchzog.

Er löste sich von ihrem Haltegriff und erinnerte sich an die vergangenen Streits, die fast identisch abgelaufen waren. Wie auf Knopfdruck liefen ihr die Tränen und bahnten sich einen Weg über ihre glühendheißen Wangen. Der Kloß in ihrer Kehle war jetzt richtig spürbar.

Sie zog das Totschlagargument. »Liebst du mich denn gar nicht mehr?« Er verdrehte die Augen. Seine Brust schmerzte. Dann schlug sie feste mit beiden Fäusten auf den Tisch. Dann gegen ihren Kopf. Bestialisch trommelte sie mit ihren Fäusten auf ihren Schädel ein bis er zu schmerzen begann. »Nein, nein, nein!«, schrie sie immer wieder bis sie endlich von sich abließ und auf dem Boden zusammensank.

Er beugte sich zu ihr herunter und nestelte ihre wund-roten Handkanten, massierte ihr behutsam den anhaltenden Schmerz aus ihren zarten Fingern und schloss danach beide seiner Hände um ihren Kopf. Vor Verzweiflung brachen nun alle Dämme und ihre Tränen liefen und liefen.

Vor dieser Frage und eben dieser Situation hatte er – wie immer – große Angst gehabt und auch ihre Selbst-verletzung warf ihn wie jedes Mal meilenweit zurück.

»Das hat damit nichts zu tun«, sagte er mit weicher Stimme und versicherte ihr, dass er sie sogar sehr lieben würde und es sich für ihn daher genauso schwer anfühlte.

Mit ihren verweinten Augen sah sie ihn innig an. »Aber du wirkst so kühl. So entschlossen. Und, wenn du mich doch noch liebst ...«

»Ich leide wie ein Hund.«

»Dann geh nicht, bitte. Bleib noch ein letztes Mal!« Ihre Stimme hörte sich jetzt ganz verändert an. Ihr Puls hämmerte weiterhin wie ein Drucklufthammer in ihren Schläfen und ihr Gesichtsausdruck schien auf einmal kindlich und weich. Sie wirkte verlassen, einsam und ängstlich und war es auch, das wusste er. Er bewahrte die Ruhe und machte seinem Fels-in-der-Brandung-Image alle Ehre. »Ich wünschte, es würde gehen.«

Sie nahm einen tiefen Luftzug, legte ihren Kopf in den Nacken und genehmigte sich einen kurzen Moment des Schweigens. Seine tiefdunklen Augenringe umrahmten sein Blickfeld. Sein trockener Mund verriet ihm, dass er schleunigst einen Schluck Wasser zu sich nehmen müsse. Sie streichelte ihm über seine Wangen. Er neigte den Kopf, gab sich ihrer Berührung hin. Genoss sie. Küsste ihre Hand. »Aber es geht doch, Schatz. Bitte, verlass uns nicht. Gib uns nicht her. Gib uns noch nicht auf.«

Mit seinen letzten Kräften nahm er einen tiefen

Atemzug. »Wir haben schon so oft gesprochen. So viel gesagt. Immer und immer wieder, alles zerredet und es hat doch zu nichts geführt. Ich kann einfach nicht mehr.«

Sie hörte seine Worte, doch sie verstand sie nicht. Wollte sie nicht verstehen. Wie ein kleines Kind stieß sie ihn von sich weg und vergrub ihren Kopf tief in ihren Armen.

Er stand auf. Nahm seine Jacke vom Küchenstuhl und zog sie an. Ihm war speiübel. Erschrocken blickte sie auf und verfolgte sein Tun. »Kommst du hoch?« Er streckte seine Hand nach ihr aus. Wollte ihr hoch helfen - so wie er es immer tat, wenn sie gestritten und sich wieder vertragen hatten. Sie ließ sich hoch ziehen.

»Wir waren doch das Einzige, woran du immer geglaubt hast«, schluchzte sie flüsternd in sein Ohr und klammerte sich mit beiden Armen um seinen Hals.

Der Schweiß rann ihm den Rücken hinunter. Er war genervt von seinen eigenen Körperreaktionen. Seine Gedanken waren wie in Watte gepackt. Ihr Duft drängte sich in seine Nase. Er liebte ihren natürlichen Geruch, spürte ihre glühenden Wangen an seinem Hals. Sein Herz trommelte gegen seine Brust. Er konnte auch ihres spüren. Er genoss die Umarmung. Erwiderte sie sogar und legte seine Hände sanft um ihre Taille.

Sie genoss es für einen Moment, bis sie ihn schließlich mit Liebesschwüren, Komplimenten und feuchten Küssen überhäufte, solchen Küssen, bei denen sich die Lippen zwar berührten, die Herzen jedoch einsam bleiben und die Seelen immer noch sprachlos nach Luft schnappen und gegen die Überforderung ankämpfen.

Gebetsmühlenartig formulierte sie alte Entschuldigungsphrasen, in denen sie Versprechungen für die gemeinsame Zukunft, das anstehende Konzert und das geplante Abendessen machte. Er wusste nicht wie ihm geschah, er knickte ein – wie jedes Mal. Ferngesteuert führte er seine Hand zu ihrem Kopf und strich ihr über den Scheitel.

Die Situation, die ihm nur allzu bekannt vorkam, als hätten sie ein Drehbuch abgearbeitet, beruhigte ihn auf eine Weise. Der eindeutige Ausgang brachte Sicherheit. Irgendwie. Außerdem war er zu müde zum Widersprechen und für eine Gegenwehr. Eine zeitlang blieb er stumm. Dann räusperte er sich. Blickte in tiefrote und tränenunterlaufene Augen. Sie hatte sich etwas beruhigt. Ihre Stimme hörte sich heiser an. Sein Herz trommelte weiter. Ihre Wangen waren wundgeweint. Seine Knie weich wie Mullbinden.

Wenn er jetzt noch ihre Küssen erwiderte, wäre wirklich alles wie immer. Irgendwie schön. Was sollte er nur tun? Bleiben und leiden oder gehen und widerstehen?
Stumm fiel eine Entscheidung. Fürs Bleiben. Wieder einmal.

Baccara aus Pakistan

Irgendwann hatte sie verlernt, irritiert zu sein. Das kommt selten vor bei Menschen, weil diese Dinge in der Regel nicht bewusst beeinflussbar sind. Denn, was im Menschen angelegt ist, schon allein evolutionär, lässt sich nicht wie lästiges Bauchfett einfach wegtrainieren. Und ist im wahren Leben schwierig wegzulegen.

Doch das Wegleben bestimmter Eigenschaften und Gedankenvorgänge ist nicht vollkommen ausgeschlossen, wie man an Sandys Beispiel sieht. In disziplinierter Eigeninitiative und mit dem gewissen Funken an Empathie schaffte sie es doch, nach der Hinnahme der Dinge, wie sie eben waren, und genügend Schlaf nach einundzwanzig Tagen ihre Routine und eingemusterten Strukturen umzukehren.

Zugegeben, es kam immer noch vor, dass sie mitunter Kleinigkeiten aus der Ruhe brachten und scheinbare Realitäten sie kalt erwischten. Diese Art der Verwirrung kroch ihr dann, ungebeten wie ein herzhafter Rülpser oder schlimmer, unpassend wie das Lachen nach einem geschmacklosen Witz die Luftröhre hinauf. Ähnlich peinlich berührt ertappte sie sich bei ihren Versuchen, in allen Lebenslagen auf Toleranz umgeswitcht zu haben.

Doch das war sinnlos! Wusste sie doch bestens über die Entstehung von Befangenheit und Vorbehalten ihres Hirns

Bescheid. Leider viel zu genau. Ihr abgeschlossenes Studium in Neurowissenschaften war daran Schuld.

Vorurteile und unfreiwillig ablaufende Bewertungsvorgänge ihres Kopfes konnte sie nicht einfach ad acta legen. Da waren einfach regulatorische Kontrollen ihres Gehirns im Spiel. Abläufe, die von selbst vor sich gingen und das in so einer immensen Geschwindigkeit, dass es sich für den wahrnehmenden Menschen gar nicht erfassen und kontrollieren ließ. So etwas konnte nur in Messungen offengelegt werden.

Gerade weil Sandy schon einiges über das Verhalten ihrer Amygdala wusste, jenem Teil des limbischen Systems im Gehirn, der es so gut versteht, auf Fremdes mit Vorsicht, Angst und Furcht zu reagieren, war sie umso intensiver daran interessiert, wie genau sich Vorurteile im Gehirn festsetzten. Da sie jedoch Teil desjenigen Forschungsteams war, die eben dieses seit Jahrzehnten untersuchten, hielt sie mehr oder weniger die Füße still. Wie aber könnte sie ihre Amygdala dazu bringen, auf Fremdartiges nicht so intensiv mit Angst zu reagieren, obwohl nun mal genau das die verdammte Aufgabe des Mandelkerns, gemeinsam mit seinem besten Kumpel dem Hippocampus war?

Wenn es Sandy dann doch einmal brenzlig wurde und sie anhand ihrer emotionalen Körperreaktionen- und Äußerungen bemerkte, wie sehr ihr Gehirn gerade daran interessiert war, mit dem Gefühl des Unbehagens einzuklatschen, wollte sie kampfbereit dagegen halten.

Aus Bequemlichkeit war das Hirn aber stets damit beschäftigt ihr einzutrichtern die Grenzen von Stereotypen zu Rassismus wären fließend. Emotionen wie Angst, Eifersucht, Ekel und Freude haben immer ihre Daseinsberechtigung. Doch schlagen sie heutzutage in den meisten Fällen zu heftig Alarm wie Hasen Haken, sodass sie häufig unverhältnismäßig und nicht mehr angemessen ausfallen wie noch in der Steinzeit.

Aber das Hirn wird sich doch etwas dabei gedacht haben, dass es skeptisch darauf zu reagieren wünscht, wenn ein beturbanter, lächelnder Herr (Pakistani, Inder, Deutscher oder Italiener?) vor seinem Pizza & Pasta Lokal steht und dort einerseits das Außenschild mit Original Berliner Currywurst bewirbt und andererseits als er Sandy vorbeilaufen sieht mit wilden Handbewegungen zur gut bestückten Eistheke rüberschwenkt und diese anpreist.

»Alles hausgemacht«, ruft er ihr zu.

Ich will mich nicht wundern, ich will mich nicht wundern, denkt Sandy und tut es trotzdem. Aus Höflichkeit bleibt sie kurz stehen. So groß ist ihr Verlangen nach einer Pasta. Die kulinarische Vielfalt, die sich ihr hier jedoch auf einem Fleck bietet, sie überfliegt nämlich noch fix die Speisekarte und liest allerlei asiatisch geprägtes, vor allem Currys und andere Reisgerichte mit und ohne Huhn, lässt sie überfordert und ratlos vor den Toren zurück. Höflich schüttelt sie mit dem Kopf und hebt die Hand zum Gruß. »Pizza, Pasta, Reis. Alles frisch auf den Tisch!«, reimt der Gastronom sichtlich gut gelaunt und Sandy verabschiedet sich freundlich.

Sie kann sich nicht helfen, aber das Gesamtbild hält sie einfach davon ab hier einzukehren. Außerdem hat sie Angst enttäuscht zu werden. »Ich kriege mich da nicht hinein«, sagt sie zu sich. Insgeheim wünscht sich die Rassistin in ihr nämlich doch einen typischen Francesco oder zumindest einen deutsch-italienischen Antonio vor der Türe, der sie mit »Scusa principessa« begrüßt und mit »Arrivederci« verabschiedet. Die Erfahrungen ihres Gehirns gehen in ihrer gedanklichen Annahme so weit, dass sie dem guten Mann vor dem Pizza & Pasta Point eher einen Riesenstrauß Baccara Rosen in die Arme projizieren möchte, wohlwissend, dass Baccara die Franzosen unter den Rosen waren und nicht jeder Mensch mit Turban gleich ein Pakistani oder Inder ist. Der schon gar nicht mit der serienmäßig alltagsrassistischen Aufgabe ausgestattet sein musste, wie der RTL Bachelor Rosen zu verteilen. Ihre umtriebige Klischeefetischistin ist ihr peinlich. Schon im gleichen Moment wie das Bild vom Rosenritter ihr in den Sinn gekommen war.

Come on Amygdala, ist das wirklich deine einzig gottverdammte Aufgabe? Den guten Mann vor der Türe authentischer zu empfinden, sobald ihn einen Strauß Rosen, statt eines eigenen Pizza & Pasta Imbisses, kleidet? Oder war gar nicht der Turban das Problem, sondern vielmehr die Original Berliner Currywurst neben der hausgemachten Eiscreme? Oder doch die Tatsache, dass Curry und Pasta auf einer Speisekarte einfach nicht miteinander matchen können? Vermutlich ist es sogar so, dass sie, genau dort, jetzt in diesem Moment die beste Currywurst ihres Lebens verpasst. Doch was, wenn nicht? Hätte der Mandelkern dann wieder ein Stein bei ihr im Hirn?

Jetzt war es jedenfalls automatisch zu ihrer größten Sorge geworden, mitten im Checkpoint Charlie Touristen Gewimmel, ihren eigenen Ansprüchen angemessen, eine 1A Spaghetti Bolognese zu finden und dann auch noch so serviert zu bekommen, wie sie es sich wünscht.

Schon oft war sie mit ihrer Überheblichkeit gescheitert, dieses Gericht exakt so vorgesetzt zu bekommen, wie sie es als perfekt empfand. Wie also sollte überhaupt jemand ihren eingebildeten Qualitäten im Bezug auf diese Nudel gerecht werden? Wiegten sich diese Erwartungen, gemessen an ihren Vorurteilen, nicht ohnehin schon gegeneinander auf? Und war das Vorhaben grundsätzlich und entlang der Rahmenbedingungen nicht von vornherein zum Scheitern verurteilt?

Ein paar Straßen weiter, jetzt aber wirklich mitten im Checkpoint-Peng schlägt das Klischee dann mit Fanfaren und Trompeten zurück und trommelt unüberhörbar um erhöhte

10

Aufmerksamkeit wie ADHS.

Zwei Menschen, offensichtlich ein italienisches Ehepaar, wie die Vorurteilsabteilung ihres Hirns ihr vermeldet, (später stellt sich im Gespräch heraus, dass die viel jüngere Frau seine Chefkellnerin ist) begrüßen sie freundlich zwischen ihren beiden Espressi, die sie sich selbst jeden Tag gegen sechzehn Uhr auf rot-weiß karierten Tischtüchern kredenzen.

Kasse, Stoffservietten und Speisekarten erwarten ihre Kundschaft auf einem Monsterweinfass und brüllen Sandy entgegen. Sie scheinen freundlich, dafür ehrlich und direkt mit der Tür ins Haus zu fallen, dass alle wie sie hier miteinander stehen und liegen schon bessere Tage erlebt haben. Vor Corona und dem ganzen Maßnahmenpotpourri.

Sie fahren fort, wenn sie nun aber schon mal hier sei – viel zu früh für ihren Geschmack, schließlich säße man als Italiener*in noch bei Espresso und Amarettini beisammen und bespräche jetzt höchstens das Abendgeschäft – sie nun auch gleich reinkommen könne. Und dass sie es ja verstehen, weil man als Deutsche*r sicher wieder gegen Viertel nach Acht zu Hause sein müsse, schließlich zeigen sie ja den Tatort. Eine besonders verstaubte Weinflasche hat es sich liegend in einem Weinhalter, der einer Kutsche nachempfunden ist, gemütlich gemacht. Auch die scheint ein Eigenleben zu führen. Sie begrüßt Sandy mit der klischeehaften Annahme, dass eine Schwangere hier zwischen all den leckeren Tröpfchen gar nicht so auffällig herumglotzen brauche. Eine armhohe Lambruscoflasche, auf die mindestens drei Jahre lang Abend für Abend Kerzenwachs getropft sein musste, dient als zentraler Blickfang an der Weinbar neben dem Weingroßmaul in der staubbesetzten Kutsche. Gemeinsam geben sie ein idyllisches Bild ab. Ein Stillleben der Nacht. Präsenter als jeder Chianti, denkt Sandy. Sie nimmt die Gemeinheiten der sprechenden Dinge im Restaurant natürlich nicht wahr, während der edle Tropfen schreit: »Frechheit!«, sobald er bemerkt, dass Sandy sich immer noch mit glänzenden Augen im reich bestückten Weinregal umsieht.

Ein Blick in das Lokal verrät weiterhin, hier herrscht Platz wie in einem Tanzsaal. Für mindestens achtzig Gäste, überschlägt Sandy. An den Mietpreis mag sie gar nicht erst denken. Typisch deutsch, dieser Gedanke, findet sie dann und muss lächeln. Und dennoch ist es genau das, was sie als Nächstes tut: die vorhandenen Sitzplätze zu schätzen und zu kalkulieren, wie viel verkaufte Portionen den Raum rechnen. Der ihr sogleich antwortet, ohne dass sie es hört: »Sei froh, dass du hier überhaupt rein passt, Martha-Quadrata.«

Die schweren Kronleuchter hängen ab. In ihrem königlichen und zugleich mit einem Hauch von stilvollem Kitsch und shishi poopoo versehenen Glanz machen sie einen eher gelangweilten Eindruck, denkt Sandy. »An uns ist wenigstens alles echt«, gibt es prompt eine Antwort auf Sandy von oben herab und die Deckenrosette ergänzt »was man von dir und deinen künstlichen Lippen nicht behaupten kann.« Sie erzeugen einen Kling-Klang von hochoffizieller, zeremonieller Atmosphäre, sodass sich das dunkle Kirschholzparkett zu Sandys Füßen gut schmiegt. Die Stühle wirken pseudo-prachtvoll. Schwere Holzsitzmöbel bestehend aus schwungvoll geschnitzten Rückenlehnen. Sandy vermutet in dem Moment als sie sich auf einen der Polster setzt: Massenware.

Die Stühle schauen sie grimmig an. Vom Nebentisch hört man: »Hier gibt's gleich ne Massenschlägerei. Dann zeigen dir die Pseudos mal, was maßangefertigte, schwungvoll geschnitzte Sitzmöbel in der Masse so drauf haben. »Platz genug is' ja, wa?«, raunte der in die Jahre gekommene Raum mürrisch.

Von ihrem Stuhl aus hat Sandy einen wunderbaren Blick nach draußen. Die Lichterketten feiern blinkend Disco (zum Glück nicht bunt, dafür am Tag). Zwei gigantische Olivenbäume umarmen den ebenfalls großzügigen Eingangsbereich, schließen die große Glastür mit goldenem Knauf in ihre Mitte. Aus den Boxen, die draußen in den Hausecken hängen, und die es ganz bestimmt nicht waren, die sie eben in das Restaurant hinein gelockt hatten, schreien die Achtziger: Wir sind zurüüühück! Doch als Passant*innen sich im selben Moment tänzelnd an den Panoramafenstern und Sandys erstaunten Augen vorbei schieben und zum Takt der Musik wippen, wird sie zahm und lässt die Außenboxen samt schlechter Mucke Außenboxen sein. Sie bemüht sogar Shazam, um wenigstens in Erfahrung zu bringen, welches Lied sie zwar gerade als nervtötend empfindet, sich aber ganz vorurteilsfrei darauf einlassen will. »Must Be The Music« von Secret Weapon. Ihr Blicke tasten weiter den Innenbereich ab. Die Wände schmücken fette, goldgerahmte Spiegel. Schwere Gemälde, Kunstwerke der Realismus. Eines hat es ihr dabei besonders angetan. Von dem kann sie ihren Blick kaum mehr abwenden. Und wie durch Zauberei beginnt das düstere Wandbild auf einmal eine Unterhaltung mit ihr.

»Was guckst du denn so? Noch nie einen Mann und eine Frau gesehen, die geneigt über einem Gabenkorb stehen, um den Engeln des Herrn zu beten?«
Sandy traut ihren Ohren nicht, aber sie scheint sich offensichtlich nicht zu fürchten. Als gäbe es nichts Normaleres als eine realistische und dunkle Landschaftsmalerei, die sie gerade anspricht, antwortet sie, die Unverwirrte gebend: »Was macht ihr da?«

»Wonach sieht es denn aus?«, entgegnet ihr das Ölgemälde angepisst. »Nun, ich frage mich gerade, ob ich mir Tante Google sparen kann, wenn du schon sprechen und mir ein paar brennende Fragen über dich beantworten kannst.«

»Tu dir keinen Zwang an. Genauso wie ich mich jetzt mit dir unterhalte, kann ich auch von einer auf die andere

Sekunde wieder die Klappe halten. Ich bin schließlich ein Ölgemälde!«

Sandy lügt, wenn sie sagt, sie wäre nicht absolut verwundert über all das, was hier gerade vor sich geht, aber sie hat sich nun mal vorgenommen, die Dinge vorurteilsfrei hinzunehmen, also muss sie jetzt auch da durch.

»In der Tat. Ein Ölgemälde. Und was für eins?«

»Nun, du hast offensichtlich noch Hackfleischbällchen auf den Augen! Unter Fleißschweiß, in einem knochenharten Leben stehen meine Kunstwerkprotagonisten, gemalt von Jean-Françoise Millet, hier seit gut einhundertunddreiundsechzig Jahren in derselben beschissen gebückten Haltung auf diesem kargen Feld inmitten dieser dystopischen Stimmung und machen allem Anschein nach nichts weiter Aufregendes als Kartoffeln aus, die sie ernten und immer noch anbeten. Und statt sie zu essen und zu kochen für sich und ihre achtköpfige Familie, geistern sie nun als betende Zombies seit einer halben Ewigkeit im Original herum und bedanken sich bei einem Kartoffelkorb. Und dann müssen sie sich als Kunstdruck auch noch solchen Blicken wie denen von dir Ölgötzin aussetzen, die mit einem arroganten Gedankengut hier in unser Restaurant rein marschiert und sich für tolerant hält.

»Nun, ich würde es eher so deuten, dass sie ihrer Ernte Ehre und Ehrfurcht erweisen und Gott dafür danken, dass er …«

»Jaja, bla bla bla«, äffte das Wandgemälde. »Du hast gut interpretieren da mit deinem vollen Spaghettipott vor der Nase«, hetzt es eingeschnappt und ist augenblicklich still.

Mit den Malerarbeiten von Jean-Françoise ist jetzt wenigstens ein Franzose im Spiel, kommt es Sandy und sie muss unwillkürlich kichern. Auch wenn der rein gar nichts mit Baccaras zu tun hat. Dann entdeckt auch sie die sensationelle Spaghettiportion, von der das Kusntwerkimitat gesprochen hat. Sie sind in einen tiefen, weißen Teller gebettet und dampfen kräftig vor sich hin. Sie dreht sich mit der Gabel einen Probierbissen auf den Löffel und ist begeistert. Nebenbei, fast unbemerkt wurde ihr eine ordentlich große, eine außerordentlich gut gewürzte und eine außergewöhnlich vernünftige, mehr als ausreichende Portion serviert. An ihr stimmt einfach alles, feiert sie!

Es gibt heutzutage viele Menschen, die *über* den Tellerrand schauen und Weitblick gelernt haben. Ob sie sich eines Tages auch trauen, einen Blick *in* den Topf zu wagen? Anzuerkennen, wir Menschen werden erst eins werden, beginnen wir endlich mit unseren Unterschieden zu leben, statt ständig nach ihnen zu suchen oder schlimmer: Sie zu bekämpfen. Und auf der gegenüberliegenden Straßenseite rennen die Massen ins Vapiano, um Pulk-Pasta und Mischpoke-Pizza zu bekommen. Aber: »Mich wundert ja eh gar nichts mehr«, gaukelt Sandys Hirn ihr vor.

Ein wichtiges Detail hat sie bis jetzt gut unter Verschluss gehalten: Auf jedem der betischtuchten Tische eine frischgeschnittene Baccara Rose steht. Liebevoll Busse voller Reisegruppen erwartend, die unterwegs zum typischsten aller Berliner Sightseeing Spots sein würden: Dem Checkpoint Charlie. Auf jedem der Tische lächelt die schöne Blume vor sich hin, ohne auch nur ein Sterbenswörtchen zu verlieren.

Sie lässt die Menschen, die sie bewundern wie sie sind. Wie auch das Efeu, der Rose nicht ihre Pracht neidet und die Ranunkel der Sonnenblume nicht ihre Größe und Anmut abspricht. Mehr Berlin geht nicht! Weniger Frankreich-Italien-Pakistan-Multikulti und dabei all die Hülle und Fülle eines Stadtgartens, aber auch nicht.

DER WEG

EINE Frau brach im Sommer zu einer Wanderung in die kalifornischen Berge, den Mt Tamalpais, auf. Sie plante, am jungen Nachmittag wieder zurück zu sein, weswegen sie sich noch vor Sonnenaufgang auf den Dipsea Trail begab. Sie genoss die frühmorgendliche Ruhe, konnte den Ausblick auf den flaschengrünen Ozean immerhin erahnen. Ein immenser Nebelvorhang verwehrte ihr nämlich die Sicht. Dankend nahm sie dafür das Vogelgezwitscher in ihrer Erinnerung auf.

Als es immer später wurde und sie schließlich bemerkte, dass ihre Strecke sie nicht wie gedacht auf einem Rundweg zurück zu ihrem Ausgangspunkt in das Fischerörtchen Stinson führen würde, machte sich Unbehagen in ihr breit. Innerlich beunruhigt, ärgerte sie sich über ihre leichtfertige und undurchdachte Tourplanung. Zum Glück hielt ihr Groll nicht lange an.

»Was sollte ich anderes tun, außer mich den Gegebenheiten zu stellen und meine Situation anzunehmen?« Und so ließ sie sich auf einem bemoosten Baumstumpf nieder und überdachte ihre gegenwärtigen Möglichkeiten.

Ihre Entscheidung fiel schließlich überraschend wie simpel aus: Sie ging zu dem Gedanken über, sich auf demselben Weg zurück zu begeben, auf dem sie gekommen war.

»Das ist das Sicherste, weil ich weiß, was mich erwartet und verlaufen kann ich mich auch nicht. Leider wird mir auf diesem Weg nichts Neues begegnen. Immerhin bin ich diese Strecke bereits gelaufen«, stellte sie enttäuscht fest.

»Doch es ist mein Fehler, mich vorher nicht ausreichend über den Rundweg erkundigt zu haben«, meldete sich auch einer ihrer inneren Kritiker zu Wort.

Die Sonne stand tief, als die Frau auf ihrem Rückweg eine Stelle inmitten mächtiger Mammutbäume erreichte, an die sie sich gut erinnern konnte.

Ein verwundeter Baum trennte den Pfad, auf dem sie bereits am Morgen unterwegs gewesen war, und gabelte ihn in einen oberen und einen unteren Teil. Hatte sie sich in der Früh noch für den einen entschlossen, entschied sie sich nun für den gegenteiligen.

Da erblickte sie im aufgebrauchten Sonnenglanz der Dämmerung einen gelbbläulichen Pilz von stattlicher Größe, der die Rückseite des Baumstammes bewuchs. Die Frau war von dem Anblick äußerst angetan.

»Wie nur hätte er mir auffallen können, wenn ich nicht hierher zurückgekommen wäre?«, stellte sie lächelnd fest und war sichtlich erheitert vom erlebten Überraschungsmoment.

So ging sie weiter auf ihrem bekannt scheinenden Weg und erkannte die unverwechselbare Wurzel, die ihr am Morgen frech ein Beinchen gestellt hatte. Vorsichtig stieg sie nun über sie hinweg, kniete sich zu ihr und befühlte behutsam ihre grimmigen Knollen. »Danke, dass du dieses Mal netter zu mir warst.«

In der nächsten Kurve begegnete sie dem erdigen Bett aus Gräsern, Moos und Farnen, das sie auf ihrem Hinweg wegen seiner Gemütlichkeit zwar bewundert, jedoch nicht zur Rast genutzt hatte. Jetzt streifte sie ihren Wanderbeutel jedoch ganz selbstverständlich von den Schultern und machte es sich auf dem weichen Untergrund bequem. Selig schloss sie für eine ganze Weile die Augen.

Bis sie von einem Mädchen, nicht größer als ein Rosenbäumchen, geweckt wurde. Sie stand nur ein näschenbreit von der Frau entfernt und kitzelte ihr mit einem Wildröschen am Kinn. Überrascht legte die Frau ihren Kopf zur Seite.

»Warum liegst du hier?«, fragte das Kind auf den Fersen wippend.

»Ich genieße hier jede Minute«, gab die Frau lächelnd zur Antwort und zwinkerte dem Kind zu.

»Magst du einen Apfel?«, wollte das aufgeweckte Mädchen wissen und streckte der Frau auch noch ihren Proviant entgegen. In diesem Moment kamen die Eltern des gleichen Weges und erinnerten die Frau an den nahenden Abstieg ins Tal. Sie bedankte sich, empfand die Begegnung mit dem Mädchen als außerordentlich erfrischend. Zudem gebar sie das kleine Gefühl, dass sie sich in genau dem richtigen Moment über den Weg gelaufen waren.

Wäre ich einen anderen Weg zurückgegangen, hätte ich sicher nicht diese netten Menschen getroffen, war sich die Frau sicher. Dann winkte sie zum Abschied. Sie erhob sich aus ihrem Sitz und streckte sich. Dann genoss den Weg des Abstiegs, den sie am Morgen noch beschwerlich bergauf hatte bestreiten müssen.

Nach dem Wasserfall, an dem sie auf dem Hinweg nur vorübergezogen war, kostete sie jetzt vom reinen Quellwasser des Felsens und stillte ihren Durst. Es fühlte sich kalt auf ihren Lippen an, schmeckte erfrischend gesund. Das Plätschern ließ sie in ihrem Geiste ein deutsches Volkslied vom rauschenden Bach anstimmen. Fröhlich summte sie es vor sich hin. Bestens gelaunt zog sie weiter, das Wanderschild vom Morgen erwartend, das ihr die Meilen anzeigen sollte, welche sie nun noch bis in das Fischerdörfchen Stinson zurücklegen musste.

Statt des Wegweisers jedoch, erbot sich ihr ein einzigartiger Blick ins Tal, der ihr kurz vor Tagesabschluss endlich eine einmalige Sicht auf den Ozean freilegte.

»Mir scheint es, als hätte ich noch nie zuvor Meer gesehen«, stieß die junge Frau mit faszinierter Flüsterstimme aus. Mit den glänzenden Augen eines Kindes blickte sie hinunter auf das Zauberblau des großen Wassers. Derart ergriffen von der

Schönheit des Augenblicks stiegen ihr Freudentränen in die Augen.

Zurück im Tal angekommen, passierte sie schließlich den Startpunkt vom Morgen. Mit dem erlebten Sonnenuntergang im Gedächtnis begab sie sich in ein Fisch-Restaurant. Sie nahm ihr Journal zur Hand und schrieb diese kleine Geschichte auf.

»Die Begegnungen des heutigen Tages sind nur entstanden, weil ich denselben Weg zurückging. Und mögen die Wege der anderen einem manches Mal so erscheinen als seien sie bedeutsamer und auf Rosen gebettet, herausragender und geplant wie ein Rosenzuchtbetrieb: Keine Route ist besser oder schlechter, mehr oder weniger wert. Auch Umwege sind nur versteckte Chancen.

Was zählt, ist der Mut zur eigenen Entscheidung bei der Auswahl des eigenen Weges, mit der kleinen Überzeugung im Herzen, nicht auf dem Holz- dafür aber auf dem Rosenweg zu sein. Dann läuft es sich wie auf Blütenblättern.

Kein Weg ist jemals derselbe, auch wenn es so scheint. Jeder Weg, auf den man sich begibt, ist immer wieder anders.«

VON FRAUEN, DIE SCHNITTBLUMEN KAUFEN

IMMER, wenn ich nach Berlin unterwegs bin, wie damals schon Kästners Emil Tischbein, reise ich mit der Bahn und trage viel zu viel Bargeld mit mir herum, auf das ich gut aufpassen muss, damit es mir nicht geklaut wird. Anders geht es mir mit den Worten, die mir auf so einer Reise kommen. Die verteile ich zu gerne und zwar äußerst großzügig, zumindest in der Datei oder in meinem Notizbuch.

Dabei muss ich höllisch aufpassen, dass ich sie alle auf einmal auf dem Papier bändige, damit keines zurück bleibt oder schlimmer: verloren geht.

Ich fühle ich mich dann meistens wie bei meiner ersten Zugfahrt mit neun. Damals reiste ich zu meinen Brief-freundinnen. Allerdings in die entgegengesetzte Richtung, nach Stuttgart. Kirschkaugummi in den Backentaschen. Reise-vorfreude und Neugierde in den Hosentaschen und viel zu viel Gepäck in den Koffertaschen.

Damals wie heute steige ich in einen ICE und fühle mich ganz groß. Nach Stunden, in denen die Landschaften wie Gemälde unterschiedlicher Epochen an mir vorbeigeflogen sind und ich die hohe Geschwindigkeit, mit der ich unterwegs bin, nicht im Geringsten spüre, steige ich nach fünf geschriebenen Texten und fünfundzwanzig gelesenen Buchseiten merklich verändert in einer anderen Welt wieder aus.

Ein Unterschied zu früher ist, dass ich mich nicht nur groß fühle, sondern es auch bin. Erwachsen, sagen die einen. Im Herzen Kind geblieben, die anderen, denn Zugfahren ist eine der schönsten Kindheitserinnerungen, die ich im Herzen trage und mir bis heute bewahre. Stundenlanges aus dem Fenster hinaus starren. Die netten Gespräche und Begegnungen im Abteil. Viele wechselnde Landschaften. Eine Woge der Erinnerungen überrollt mich.

Jedes Mal muss ich aufpassen, nicht wieder klein zu werden. Weil es eine Welt ist, in der ich damals wie heute auf meine hundertfuffzig Mark (die heutzutage mein Mobiltelefon repräsentieren) aufpassen muss, die meine Mutter mir als Reisegroschen mitgegeben hat und der, wie mir tunlichst aufgetragen wurde (die Stimme ist laut und hallt nach), nicht unnötig und nur im ärgsten Notfall ausgegeben werden solle.

Nach meiner Ankunft am Berliner Hauptbahnhof gönne ich mir wie immer als Erstes einen kurzen Ausblick auf das Regierungsviertel und freue mich jedes Mal, dass ich nicht solche weitreichenden und wichtigen Entscheidungen treffen muss, wie die da drüben.

Dann fahre ich wie jedes Mal eine Runde Bus mit der Linie 100. Die kommt an allem vorbei, was ich vermisst habe. Ein erstes Foto des Fernsehturmes wird geschossen und landet in meinem mobilen Sammelalbum. Anschließend steige ich in die S-Bahn Richtung Pankow. Florastraße. Wenn ich bis oben hin vollgepackt mit Eindrücken, Worten und Bildern wieder nach Hause fahre, wird mich meine Freundin drei Nächte lang beherbergt haben. Sie ist Lehrerin und zu dem Zeitpunkt meiner Ankunft unterrichtet sie noch. Heute hat sie lange Schule. Das freut mich, weil ich dann noch etwas für mich selbst bin. Ich genieße es, Zeit mit mir zu verbringen und ich habe großes Mitgefühl mit Menschen, die keine andere Wahl haben.

Das sympathische Eckbistro sagt mir auf Anhieb zu und der Tisch erst recht. Ich bestelle mir einen Kaffee. Nehme Platz. An einem klassisch französischen Bistrotisch, der sonst das Straßenbild von Paris prägt. Heute also auch Berlin. Mit seiner runden Marmorplatte lädt er mich ein, gleich meinen Notizblock auszupacken und den Messingreif, mit dem die Platte versehen ist, gleich in meine Geschichte aufzunehmen.

Ich begutachte das Möbelstück entlang seines massiven, gusseisernen Gestells, das in einem Fuß mündet, auf dem ich wiederum lässig meine beiden Beine abstellen kann. Ich beobachte meine Umgebung. Die Sonne küsst den Asphalt. Neben mir sitzen zwei Herren im Anzug. Mir wäre das entschieden zu warm. Der eine löffelt seine Linsensuppe ohne Wurst, der andere mit. Sie sprechen über Bilanzen. Es riecht nach angebratenen Speckstückchen. In der Luft liegt der Lindenblütenduft, der sich mit den Autoabgasen abwechselt und sich kurzerhand mit der stark parfümierten Frau vermischt, die an mir vorbeirauscht. Chloé schätze ich.

Nachdem mir der Kaffee gebracht wird, gönne ich mir noch eine belegte Schrippe mit vegetarischem Zwiebelmett dazu. Lässig nippe ich an meinem Berliner Heißgetränk und zeige niemandem, wie zum Teufel sehr ich mir im nächsten Moment die Zunge verbrenne. Zur Hölle! Ich spüre jeden einzelnen meiner Zungenrezeptoren.

Immerhin habe ich sonst keine Probleme, kommt es mir. »Damit es einem schlecht gehen kann, muss es einem schon ziemlich gut gehen.« Hab ich mal irgendwo aufgeschnappt. Bis heute denke ich hin und wieder darauf herum.

Das Blütenmeer des benachbarten Blumengeschäfts, ein Minimoment wie auf der Insel Mainau, lädt geradezu auf einen Besuch ein. Hier waren sicher auch mal mehr Bienen. Vorsichtig setze ich die Kaffeetasse zurück auf ihren goldrand-verzierten Unterteller. Zwei Porzellanstücke, die in einem Café einfach zusammen gehören, zu Hause jedoch keine allzu große Rolle spielen.

Auf dem Unterteller lese ich übrigens Worte von John Keats: »The Poetry of the Earth is never dead«. Jemand muss sie mit einem Feinsthaarpinsel selbst aufgebracht haben. Meinen Kirschkaugummi habe ich bereits vor meiner Kaffeepause zu einer Kugel gerollt und ihn an den Rand des Untertellers geschoben. Er klebt am Porzellan und meine Augen mit einem Mal an einer betagten Frau, die in den Wassereimer-Lilien rumfischt.

Ihr schlohweißes Haar sitzt als stylische Kurzhaarfrisur auf ihrem Kopf. Trotz ihrer Statur wirkt sie nicht gebrechlich. Auch wenn es scheint, als seien ihre besten Jahre längst verblüht, kommt sie alles andere als nicht mehr ganz frisch oder gar welk daher. Sie trägt eine weiße Perlenkette und dazu passende Ohrringe. Ich schaue auf ihre Handtasche und bin überrascht, dass es eine George, Gina & Lucy in rosa ist. Auf ihrer mintgrünen Bundfaltenhose sitzt eine lässige, gipfelgraue Bluse, die eine Rosenbrosche ziert. Ich weiß nicht wann ich zum letzten Mal einen Menschen mit einer Brosche gesehen habe. Meine Tante früher ständig, aber das war in den Neunzigern. Apropos Neunziger. Die alte Dame erinnert mich an eine Mischung aus Rosalie Butzke (»Berlin, Berlin«) und Irene Butter und sie sieht aus als hätte sie viel zu berichten. »Alleinstehende Frauen, die Schnittblumen kaufen«, kommt es mir in den Sinn und ich beginne feierlich einen Notizbuch- eintrag.

Sie treffen sich in Hinterhöfen, in Einkaufspassagen, vor Edeka (der früher noch ein Tante-Emma, vielmehr ein Kurzwaren- laden gewesen ist). Man sieht sie überall dort, wo Menschen zusammen kommen. Aber man übersieht sie auch genau überall dort, wo Menschen zusammenkommen. Sie selbst begegnen keiner Menschenseele. Sie bleiben dort zurück, wo andere gemeinsam sind. Ich kehre in ein Bistro ein, um in Gesellschaft allein zu sein. Sie haben keine Wahl. Sie bleiben einsam. Gehen unter. In einem Restaurant beobachtete ich mal eine Frau, die es, gezeichnet vom Lebensalter, schwer hatte, den Löffel ihrer Zwiebelsuppe zu halten. Dennoch nahm sie ihr Essen auswärts ein. Das beeindruckte mich. Auf dem Tisch am gegenüberliegenden freien Platz vor ihr, blickte ihr statt eines Partners nur ein Bilderrahmen entgegen. In ihm die Schwarz-weißfotografie eines Hochzeitspaares. Vermutlich sie und ihr Mann.

Wo eigentlich Hände einander umschließen sollten, umfassen ihre knochigen Finger Einkaufsnetze. Regenschirm-griffe hängen an Handtaschen. Ihre Gesichter sind schmal, ihre Augen umkränzt von Falten. Und dort, wo sich eigentlich Schultern berühren sollten, liegen in ihren Armen bloß Blumen-sträuße. Sie tragen Primeln, Nelken und Chrysanthemen. Sie bringen Schnittblumen nach Hause, um sich ihre leeren Herzen an gehäkelten Tischtüchern mit der mühsam zusammen-gekratzten Rente am Ende des Monats mit ein und demselben Radiosender zu teilen. Seit Jahren, seitdem sie allein sind, begehen sie die lebenserhaltenden Maßnahmen ihrer ver-lassenen, einsamen Herzen auf eigene Faust.

»Es ranken wilde Wunder mir zur Seite, lassen mich wachsen still mithin«, scheinen sie aus stummen Mündern zu schreien, weil auch sie einst das Leben liebten. Doch liebte es sie jetzt zurück? Wie sollte sie jemand hören? Wer sollte die verzweifelten Schreie ihrer Augen lesen? Wer die Narben ihres Körpers deuten? Manche in Form tätowierter Ziffern, während andere ihre verlorenen Kinder nur in ihren Seelen mit sich tragen, da wo man nicht hinsehen kann. Und doch schreiten sie weiter voran, bewegen sich und ihre Wunden gleich mit. Schleppen sich weiter, mit den Blumen in ihren Armen.

In denselben Armen, in denen einst ihre Kinder lagen, ihre Enkelkinder und Ur-Enkel, wenn überhaupt. Doch jetzt, liegt dort niemand mehr. Nichts als die Schnittblumen, die sie nach Hause tragen. Unter die Achselhöhlen geklemmt, die sie am Morgen grünlich mit Seifenpaste gewaschen haben.

Ihr Haar, zumeist in einen feinen, sauberen Schnitt gelegt, oder als Dutt angerichtet (dafür muss die Rente langen!), fast ein Stoßgebet in die Vergangenheit. Zurück in das Berlin der Fuffziger Jahre, als in Berlin das Wünschen wieder half.

Man erblickt Dauerwellen, toupiertes Haar, sonntäglich und alltäglich, mal mit einem Holzkamm nach hinten geschoben, mal locker frisiert. Auch der Kamm ist in die Jahre gekommen. Doch er tut es noch, drapiert vernünftig, sodass man jederzeit auch im Krankenhaus ein ordentliches und gepflegtes Bild abgeben könnte. Vor allem im Krankenhaus, denn insgeheim sind Frauen, die Schnittblumen kaufen jederzeit von der Angst getrieben, sie könnten jede Minute in Krankenhäuser eingeliefert werden.

Mein Opa Helmut sagte einmal: »Leg dir einen guten Vorrat an Unterwäsche an, damit du jeden Tag einen frischen Schlüpper tragen kannst. Du weißt nie in welcher Arztpraxis du ihn lüften musst.« Und er riet mir auch dazu, grundsätzlich eine Salstreuerminiatur bei mir zu tragen. Weil nämlich Krankenhausessen an Fadheit nicht zu überbieten sei, aber das ist eine andere Geschichte.

Der Friseurbesuch bei Maschkes, ebenfalls in der Florastraße ansässig, liegt für die Frauen, die Schnittblumen nach Hause tragen, nun sechs Wochen zurück. Dort teilen sich die Trockenhauben seit Jahren ihren Platz mit der Redewendung »Hin und wieder«.

Spinnweben gelten als Kunstwerke. Außerdem ist es ja bekanntlich trocken. Da, wo Spinnen sind. Vielleicht sieht man sie auch nicht mehr so gut wie früher. Geht nur noch sporadisch mit dem Staubwedel durch den Raum. Frau Maschke höchstpersönlich weiß über jeden Termin bestens Bescheid. Sie werden lange im Voraus vermerkt und trotzdem zart mit Bleistift in den Kalender notiert. Falls doch etwas Unvorhergesehenes dazwischen kommt, was so gut wie nie der Fall ist, muss man ihn trotzdem wieder ausradieren können. Alles hat seine Richtigkeit zu haben. Die Termine, die Telefonate und die Trendfrisuren sind seit Jahren dieselben. Das Geschäft läuft nach Schablone ab.

Mit Ausnahme der beiden Jahre, in denen die

Schwiegertochter die Enkelsöhne gebar. Und das andere Jahr, in dem Herr Maschke nach seinem Mittagsschlaf im achtundfünfzig Jahre alten Ehebett die Augen für immer geschlossen hielt und nicht mehr aufgewachte, kam bisher nie etwas dazwischen.

Da benötigte Frau Maschke zum ersten Mal Grabschmuck statt Schnittblumen, die sie nicht nach Hause, sondern auf den Friedhof trug. An diesem dunklen Tag fand ebenfalls kein neuer Haarschnitt bei Maschkes statt.

Berliner Frauen, die Schnittblumen kaufen und vor sich her, nach Hause oder auf den Friedhof tragen, lasten die Trümmer ihrer Vergangenheit ungesehen auf den Schultern, übergeblieben aus den Jahren voller Fremdbestimmung und harter Arbeit.

Heutzutage legen sie vier Granny Smith und ein Dutzend Eier in die Einkaufsnetze. Vielleicht buken sie einst Eierkuchen für die Enkelkinder. Heute übernimmt der Eierkocher, neun Minuten hart, und pfeift. Jeden Tag aufs Neue. Ein. Ei. pro. Tag. Das spricht die »Bild der Frau«. Wegen des Cholesterins. Außerdem müssen sie bis zum nächsten Einkauf langen.

Das Elektrogerät, ein Geschenk der Familie aus den USA, per Luftpost. Immerhin verpackt als Weihnachtsüberraschung im Karton und zum Glück nicht im Rosinenbomber. Im Kühlschrank lagern Ketchup, Hefe, eine Gesichtscreme, (die Apothekerin empfiehlt das) Quark, selbstgekochte

Mirabellenmarmelade und eine Packung Edamer.

Seit ihre Männer tot sind, essen sie sogar den verhassten Bergkäse. Selbst »Handkäs mit Musik« plötzlich zu einem romantisierten Ritual, obgleich man dem Mann zu Lebzeiten ausgiebig die Hölle heiß gemacht hatte, sich die restlichen Lebensmittel im Kühlschrank nur über die eigene Leiche mit ein und derselben Harzer Käserolle zu teilen. Und zwar nur, gut versiegelt in Tupper. Heut darf es sogar etwas mehr vom Harzer oder dem Bergkäse bei Edeka sein, dessen Filialleiter jetzt Herr Ünal ist.

»Ist ein ganz Netter. Immer aufmerksam und zuvorkommend«, da sind sich die Frauen, die Schnittblumen nach Hause oder auf den Friedhof tragen, einig. Manchmal, legt Herr Ünal sogar selbst Hand an. An der Käsetheke. Er schneidet den Bergkäse dann direkt vom Laib herunter. Wie früher. Als man noch nicht betonen musste wie sehr man Lebensmittel liebte und schätzte, sondern es tat, ohne es zu sagen.

Frauen, die Schnittblumen kaufen, sprechen nicht von der Vergangenheit. Sie waren dabei. Sie sind Zeuginnen. Lebendige Zeitzeugnisse. In ihnen steckt immer auch ein bisschen das Früher. Sie tragen es in ihren Gesichtern. Als 4711 auf ihrem Hals. Es haftet das Gestern, unter ihren Augen. In ihren Herzen. Die vergangenen Tage, ihr Einst, es lässt sich ausmalen, wie eine Schatzsuche zusammentragen, wenn man es doch nur sehen und erkennen will. Die Vergangenheit zeigt ihr Gesicht, wenn man sie doch nur beachtete. Manchmal reicht es auch schon, genauer hinzuhören. Den Lauten der Vergangenheit. Sie kann sprechen. Sie sagt: »Damals, als es die Schnittblumen nicht ausschließlich vor Geschäften, dafür auf unseren Wiesen, gab. Als Bomben wie Regentropfen fielen und Flieger zwischen Apfelbäume zielten, hinter denen ich mich mit meinen Kindern verschanzte.«

Frauen, die heute Schnittblumen kaufen und sie in ihren Armen nach Hause oder zu Grabe tragen, lächeln stets freundlich (sie haben es ja nicht anders gelernt), auch dann, wenn es schwerfällt. Der graue Star verdeckt das Strahlen ihrer Augen. Doch etwas von dem Glanz dringt durch, wenn sie von ihren alten Träumen erzählen. Solchen, die aus dem Stoff der großen weiten Welt gemacht sind.

Träume, in denen auch sie auf Musicalbühnen tanzen. In denen sie verreisen und frei sind wie der Wind. Oder solche Träume, in denen sie schreiben und lesen können, wenn der Krieg nicht gewesen wäre, der ihnen Schule und Brüder, Väter und Zuhause, Wurzeln und Identität, Herz und Heimat genommen hat.

Und sie berichten davon, wie es einmal gewesen ist, damals, als es noch ihre Söhne und Töchter waren, die ihnen Blumen mit nach Hause brachten. Frisch gebrochen von der wilden Wiese, auf denen heute die Blumengeschäfte stehen.

Ich stehe aus dem Stuhl meines Pankower Eckbistros auf und pflücke mir aus den Wassereimern einen bunten Rosenstrauß zusammen. Bezahle ihn und schenke ihn der hübschen, alten Frau vom Anfang, die ich so lange beobachtet und der ich meine Geschichte zu verdanken habe.

»Kindchen, wie komme ich denn zu der Ehre?«

»Ich weiß nicht. Sie gefallen mir einfach.« Die Frau schenkt mir ein Augenzwinkern. »Das kann ich gut verstehen.« Und für einen kurzen Moment meine ich, ein verschmitztes Mädchenlächeln in ihrem Gesicht zu sehen. Ich muss lachen. »Sie natürlich auch.« Erst jetzt verstehe ich, dass die Frau offensichtlich nicht nur meine Rosenliebe teilt, sondern auch noch eine gute Portion Humor besitzt.

»Eine Rose ist eine Rose ist eine Rose. Da bin ich mit Gertrude Stein einfach einer Meinung.«
Die Frau nickt zustimmend. »Da hast du recht, Kindchen. Und doch so viel mehr als die Summe ihrer Teile. Und leider nie ganz frei von allerlei möglichem Befall und denk doch nur mal an die Stacheln.«

Die Dame scheint einiges über Rosen zu wissen. Vor allem mit dem Unterschied zwischen Dornen und Stacheln hat sie meine volle Aufmerksamkeit.

»Weißt du, du machst mir damit eine echte Freude,

Kindchen.« Die Frau scheint glücklich über unser Gespräch zu sein. »Ich hoffe, sie bringen Ihnen das Glück nach Hause. Jede Rose ist ja ein einziges Naturwunder und unbestritten die Schönste der Schönen im Blütenmeer der Vielfalt.«

Die Frau lächelt wieder. »Das hast du jetzt aber schön gesagt. Zum Glück macht die Natur keine Unterschiede. Sie nimmt alle wie sie ist. Ich werde sie jetzt jedenfalls meinem Mann vorbeibringen. Er erwartet mich schon.«

Ich hebe die Hand zu einem Abschiedsgruß. »Dann lassen Sie ihn nicht allzu lange warten. Verzeihung, wenn ich Sie jetzt aufgehalten habe.«

»Keine Sorge, ich warte auch seit elf Jahren auf ihn«, wieder zwinkert die alte Dame liebevoll.

Ich runzle die Stirn. »Ich verstehe nicht.«

Sie seufzt und schließt für einen Moment die Augen. »Weißt du, Kindchen, kriechende, rankende und duftende Rosen in allen Formen und Farben, waren mal mein Lebensmittelpunkt. Vor einem halben Leben habe ich hier selbst noch in den Rosenfeldern gestanden. Gemeinsam mit meinem Mann. Und von morgens bis abends führten wir hier in Pankow unseren eigenen Blumenladen. Geblieben ist mir die Liebe zu den Blumen und zu ihm. Ich bringe ihm jeden zweiten Tag Rosen an sein Grab, Kindchen. Heute zur Feier des Tages bekommt er dann deinen Bund. Ganz außer der Reihe, versteht sich. Das wird ihn freuen.«

Und für einen weiteren Moment, schimmert da wieder ein besonderer Glanz in ihren blauwarmen Augen. Ich bin mir ganz sicher, dass die Euros für den Rosenstrauß zwar kein Notfall, dafür aber einen echten Glücksgroschen wert waren. Und nicht im Geringsten unnötig ausgegeben, finde ich.

DAS ZEITSCHWEIN

»FÜR jede Stunde, die Sie effektiv nutzen, Rosenboom, können Sie einen Penny spenden.« Mister Lee stemmte seine Hände in die fleischigen Hüften. In dieser Pose hatte er sich vor Rosenbooms' Schreibtisch aufgebaut. Sein Blick richtete sich auf den grünledrigen Ohrensessel, auf dem Rosenboom wie ein durchgekämmtes Lama hockte und ebenso bedröppelt drein- schaute, wie er sich gerade fühlte. Vor ihm dampfte eine Tasse Rosentee, angeblich Fair Trade, daneben ein Döschen Mint Lutschpastillen.

»Ich versuche doch immer, gewissenhaft vorzugehen, Mister Lee«, Rosenboom fingerte verstohlen an seinem Füller herum. Zum wiederholten Male biss er sich auf seine verschwindend dünne Oberlippe. Der Schweiß stand ihm in punktierten Abständen auf die Stirn gezeichnet. Rosenboom erhob sich aus seinem Sessel und tigerte kopfschüttelnd im Büro umher.

»Ständig zerbreche ich mir den Kopf über meine Arbeitsabläufe und meinen Tagesrhythmus. Ich ... ich entlarve Zeitdiebe, strukturiere meine Aufgaben und fertige To-do-Listen an.« Mister Lee nickte verständnisvoll. Seine Lippen öffneten sich, einen Antwortsatz zu formulieren.
Doch Rosenboom ließ ihm keine Gelegenheit. Als hätte man ihn eines blöden Jungenstreichs überführt, komplettierte er

flammend seine Liste und bekräftigte jeden seiner Punkte mit einem ausgestreckten, aufzählenden Finger: »Ich verfasse ergebnisorientierte Arbeitsblätter für die Kollegen, führe Monologe vor dem Spiegel, bevor ich in ein Kundengespräch gehe, damit ich qualitativ alles aus meinen vorausgegangenen Brainstormings herausholen kann und ich benutze das Whiteboard wie Sie es mir einmal geraten haben.« Er senkte seinen Kopf. »Um um alles zu visualisieren, meine ich.«

»Löblich, löblich Rosenboom.«

»Ich setze mir immer wieder neue Ziele, ordne nach Prioritäten, informiere meine Kolleg*innen logisch und präzise über aktuell anstehende Schritte und ich konzentriere mich auf einen transparenten Umgang mit unserer Kundschaft. Ich kategorisiere die Themen, die ich zu bearbeiten habe, erscheine ausgeschlafen und gepflegt zur Arbeit. Ich bin immer höflich und ...«

»Rosenboom, hören Sie«, unterbrach Lee ihn.
Doch der lief jetzt erst so richtig heiß und legte allerlei Emotion in seine Worte. Seine Halsschlagader bebte. »Mittagspausen mache ich schon lang nicht mehr. Feierabende sind für mich bessere Mittagspausen. Ich verlasse meinen Arbeitsplatz regelmäßig fünfundvierzig Minuten später und am Morgen komme ich bereits fünfzehn Minuten früher.«

»Rosenboom!«
Mister Lee klatschte in seine aufgequollenen Hände wie der

Lehrer einer Tanzveranstaltung. Sein gegerbtes Gesicht mit der ledrigen Haut des in die Jahre gesessenen Ohrensessels sprach ernste Bände. Dann legte er seinen rosafarbenen Zeigefinger, an dem ein Goldring mit eingefasstem Onyx prangte, auf die gespitzten Lippen.

»Schweigen Sie jetzt, Rosenboom!«

»Selbstverständlich, Mister Lee. Entschuldigen Sie, Mister Lee«, fügte Rosenboom an, während der vor lauter Schreck einen Satz nach hinten machte und dabei beinahe gegen die Glasvitrine mit den Auszeichnungen stieß. »Ich wollte bloß ...«

»Schweigen, Sie jetzt Peter! Schweigen! Schhh!«, Mister Lees Laut hörte sich an, als wollte er einen Säugling beruhigen.

Peter Rosenboom stand stramm und ähnelte einer Terrakotta-statue aus der Han-Dynastie mit seltsam abstehenden Haaren. Vom anfänglichen Lamablick war bis auf die Frisur nicht mehr viel zu sehen.

»Peter, nichts für ungut, aber genau davon sprach ich einmal.«

»Von dem Whiteboard?«

»Nicht doch von dem Whiteboard, Peter!«, allmählich machte er sich ernsthafte Sorgen um seinen Mitarbeiter. »Das ist es genau, was ich meine«, Lee schüttelte ungläubig den Kopf, seine Augen waren weit geöffnet. Er presste die Lippen aufeinander wie ein Lehrer, der seinem Schüler gerade verkündet hatte, er würde die nächste Klassenstufe nicht erreichen.

»Bevor es hier überhaupt irgendwie weiter geht, atmen Sie ein paar mal tief durch, Rosenboom!« Mit einer gönnerhaften Handbewegung gab er seinem studierten Sekretär zu verstehen, sich erstmal einen Schluck Tee aus seiner Tasse zu genehmigen.

»Rosenboom, sagen Sie, wann waren Sie zuletzt joggen?«

»Ich gebe keinen wirklich guten Läufer ab«, führte der Sekretär mit Flüsterstimme zu Protokoll. Mit einem müden, glasigen Blick ging er zurück zu seinem Schreibtisch. Dort sank er in seinen Ohrensessel. In einer unverständlichen Geste fuchtelte er mit seiner linken Hand in der Luft herum, als wollte er eine Mücke aus der für ihn immer dünner werdenden Luft schnappen. Mit sich wiederholender Handbewegung deutete Mr. Lee abermals an, dass es an der Zeit für Rosenboom wäre, sich gefälligst endlich mit einem Schluck aus seiner Steinguttasse zu stärken. Rosenboom verstand und befolgte den Rat seines Chefs, auch wenn der Tee bereits kalt geworden war. Er verzog die Mundwinkel.

»Trinken Sie nicht gerne, was sie da trinken?«

»Nein, Mister Lee. Genauso gerne wie ich jogge, Mister Lee. Schon nach dem College habe ich die Laufschuhe an den Nagel gehängt.«

»Warum trinken Sie es dann, Rosenboom?«

»Weil Sie es mir sagen, Mr. Lee.« Dann blieb es eine Weile ruhig zwischen den beiden.

»Wo ist ihr Fahrrad, Peter?«

»Ich habe es verkauft.«

»Irgendwelche anderen Interessen?

A u ß e r Arbeit?«, betonte Lee sehr genau und sah ihn eindringlich an. »Ich verstehe nicht, Mister Lee.«

»Was verstehen Sie daran nicht, Peter? Sie sind doch so ein Teufelskerl, Rosenboom, und Sie wollen mir weismachen, Sie verstehen diese einfache Frage, die ich Ihnen stelle, nicht?«

Peter Rosenboom nahm jetzt von selbst einen tiefen Schluck aus seiner portugiesischen Steinguttasse. Irgendwann in den Achtzigern war er zum letzten Mal vereist. Nach Portugal. Die Tasse stammte dorther.

»Was ist Ihnen noch geblieben, Peter? Was sind Ihre Interessen?« Lee ließ nicht locker. Erneut setzte er an.
Peter starrte auf den tausenddollarteuren in Afghanistan handgeknüpften Teppich. Angestrengt begutachtete er das Muster, das er sich noch nie so genau angesehen hatte wie jetzt. Das musst er sich eingestehen. »Darauf kann ich nicht antworten«, stellte der Sekretär nach einer Weile bekümmert fest.

Seit Jahren hatte er sich für nichts und niemanden außer seiner Arbeit interessiert. Mr. Lee schloss die Augen. Allmählich begriff er, dass da einerseits ein hochqualifizierter Mitarbeiter vor ihm saß, der andererseits ein menschliches Wrack geworden war. Und das in seiner Firma!

Dass seinem Mitarbeiter absolut nichts einzufallen schien, was ihn ausmachte, außer seinen beruflichen Leistungen, bestürzte den Firmenchef zutiefst.

»Was ist das Letzte, an das Sie sich erinnern, Peter, die letzte Herzensangelegenheit, die Ihnen Freude bereitet hat?«
Peter Rosenboom legte seine Stirn in angestrengte Denkesfalten. »Ich bin gerudert«, sagte er schließlich, neigte seinen Kopf zur die Seite und wenn man genau hinsah, konnte man sogar einen zarten Glanz in seinen Augen vernehmen.

»Exzellent! Sie mögen also das Wasser! Das ist gut! Wasser. Was, was trinken sie gerne?«

»Ich trinke nicht. Ich habe es vor Jahren zu exzessiv betrieben, seitdem habe ich keinen Tropfen mehr angerührt.«

»Ich spreche nicht unbedingt von alkoholischen Getränken. Tee trinken Sie offensichtlich auch immer noch, obwohl Sie ihn nicht mögen.«

»Aber ich mag Tee. Ich mag ihn sogar sehr. Doch heiß muss er sein!«

»Gehen Sie zum Abfluss und kippen Sie Ihren kalten Rest in den Abfluss, Peter!«

»Wie meinen ...?«

»Ja, Peter! Verschwenden Sie auf der Stelle den letzten

dreckigen Teerest!«

Rosenboom befolgte die Anweisung und konnte es nicht recht glauben, dass er es wirklich tat. Schließlich war es ja seine Schuld, dass der Tee kalt geworden war, dachte er. Also musste er ihn eigentlich austrinken, statt ihn zu verschwenden. Unterwegs zum Waschbecken bedachte ihn Mister Lee mit einer neuen Frage: »Was essen Sie gerne?«, Mit einer unwillkürlichen Drehung schwang Rosenboom Mr. Lee seinen drahtigen Körper entgegen. Rosenboom zeigte sich abermals überrascht.

»Peter, das ist eine ganz gewöhnliche Frage. Wovon können Sie kulinarisch nicht genug kriegen?«

»Mister Lee, würden Sie mich jetzt nach den neusten Kundenzahlen aus dem Abschlussbericht fragen, wüsste ich zu antworten.« Rosenboom war mit den Nerven am Ende. Seine Hände rieben über seine verschwitzte Stirn. Aufgeregt suchte er nach Halt, doch er stand noch immer und keine Rückenlehne eines Stuhls war in Sicht. Zum Glück eilte ihm Peter zur Seite und führte ihn behutsam zu seinem Sessel.

Mr. Lee schüttelte fassungslos den Kopf. »Das kann ich mir vorstellen, Peter. Das kann ich mir vorstellen. Die Abschlussberichte, die Sie angefertigt haben, Peter, liegen mir ja bereits seit vergangenem Dienstag vor. Ich brauche nur rüber zu gehen, um nachzusehen, Peter. Das ist nichts, was sie auf dem Servierteller haben müssen. Mich interessieren Sie,

Peter. Ihr Geschmack, kommen Sie schon!«

Er wollte seinen Chef auf keinen Fall enttäuschen. »Bananen. Ich mag getrocknete Bananen. Tatsächlich alle Arten getrockneter Früchte.« Mr. Lee rümpfte die Nase.

»Köstlich, Peter«, gab er mit einem süffisanten Unterton und einem Augenzwinkern wider. »Was sind die Lieblingsblumen Ihrer Frau?«

»Weiße Rosen«, entgegnete der Sekretär wie aus der Pistole geschossen.

»Die weiße Rose, als Symbol der Freundschaft und Reinheit, Peter! Und der Name jener Gruppe gewaltfreier Widerstandskämpfer*innen gegen die Schreckensherrschaft im Dritten Reich unter der Anführung von Hans und Sophie Scholl! Großartig, Peter! Einen ausgezeichneten Blumengeschmack, den Ihre Frau da hat«, Mister Lee klatsche vor Freude in seine fleischigen Hände.

»Sagt Ihnen der Ausdruck »Brot und Rosen« etwas, Peter?« Mister Lee, Sozialdemokrat durch und durch, freute sich über den Zusammenhang, den er nun herstellen konnte. »Selbstverständlich, Chef!«

»Hervorragend. Dann wissen Sie selbst am besten, wie sehr *ich* persönlich daran interessiert bin und meine Firmenphilosophie es beinhaltet, dass Sie neben einem angemessenen Lohn auch anständige Lebensbedingungen haben.« Mr. Lee hob seinen Zeigefinger. »Wie lautet der dritte Punkt meiner

Firmenpolitik-Agenda, Peter?«

Wie ein Prüfling antworte der Sekretär umgehend und hölzern. »Das Worklife soll mit dem Privatleben in Balance stehen!«

»So ist es Peter!« Mr. Lee hatte nichts anderes von seinem Sekretär erwartet, klopfte ihm dennoch anerkennend auf die Schulter. Dann fuhr er in seinem Fragenkatalog fort. »Nennen Sie mir ein bevorzugtes Kleidungsstück Ihrer Frau, Peter?« Von der freundschaftlichen Nähe seines Chefs zwar immer noch leicht irritiert, ließ Peter ihn dieses Mal nicht allzu lange auf eine Antwort warten.

»Sie trägt gerne Mäntel. Besonders jetzt in den kalten Tagen.« Mister Lee klatschte wieder in die Hände. Dieses Mal hörte es sich fast feierlich an. »Hervorragend! Peter, wie gestalten Sie Ihren Tag, wenn Sie morgen früh nicht zur Arbeit erscheinen müssten?«

»Ich nehme an, ich würde eine Übergabeliste zur Erreichung unserer Ziele ...«

»Peter! Sie spaßen?!«, unterbrach ihn Lee jetzt direkt. Fassungslos betrachtete er seinen Mitarbeiter. Mit einem papierscharfen Blick durchbohrte er die müden Augen seines Gegenübers. Als wollte er dann auch noch mit imaginären Speeren nachlegen, die er auf Rosenboom abgab, seinen Brustkorb als Fadenkreuz benutzend, versuchte ebendieser seine Situation zu retten: »Ich würde meiner Frau zum Essen ausführen und sie ins Kino einladen.«

»Gut! Endlich haben Sie mich verstanden, Peter«, Mister Lees Puls normalisierte sich wieder. »Und Familie? Wie steht es mit Ihrer Familie?«

Peter Rosenboom war zurück in seinen Sessel gekrochen, den Mr. Lee wieder verlassen hatte um sich die Füße zu vertreten. Dort hing er jetzt zusammengefallen in dem Lederstoff und wischte sich ein paar Tränen von den Wangen. »Ich frage mich, ob wir noch eine sind.« Seine Stimme klang dumpf. In Mr. Lees Ohren pulsierte das Blut. Er schritt zu seinem Mitarbeiter und legte ihm väterlich seine schwere Hand auf die Schulter. Dann knetete er sie unbeholfen.

»Das klingt alarmierend, Peter! Wie glücklich ist Ihre Frau? Mit Ihrem gemeinsamen Leben, meine ich?«

Rosenboom wand sich. »Darauf möchte ich lieber nicht antworten, wenn Sie erlauben, Chef.«

»Ja, das müssen Sie selbstverständlich nicht, Peter.« Mister Lee begab sich vor den Schreibtisch und spielte an seinem Ring herum. Nach einer ganzen Weile gab der Sekretär schließlich kleinlaut doch eine Antwort. »Ich vermute, meine Frau ist ganz und gar nicht zufrieden.«

Mr. Lee bedankte sich für das Vertrauen. »Wie kommen Sie zu der Ansicht?« Inzwischen hatte er sich mit beiden Händen auf dem Schreibtisch aufgestützt.

Auch Peter Rosenboom hatte sich in seinem Ohrensessel weiter nach vorn gebeugt und seine Hände gefaltet.

»Sie ist besorgt um mich und mein Wohlbefinden«, der Sekretär schüttelte den Kopf, löste die Hände aus ihrer Haltung und rieb sie sich nervös. »Sie weint viel, wissen Sie?«

»Machen Sie sie glücklich, Peter! Das haben Sie ihr doch mal versprochen, nicht?!« Der Firmenchef verschränkte seine Arme vor der Brust. »Und wissen Sie, wen Sie vor allen Dingen glücklich machen sollten? Und das sollten Sie schleunigst als den wichtigsten Befehl bisher ansehen, Peter!«

Rosenboom verstand dieses Mal sofort. Er nickte zustimmend mit dem Kopf, scheute aber noch den direkten Blickkontakt mit seinem Chef.

»Ganz genau! Sich selbst, Peter! Überdenken Sie genau und in jeder Sekunde Ihres Lebens, was Sie wirklich wollen. Was Ihnen wirklich wichtig ist. Wofür schlägt Ihr Herz? Was begeistert Sie? Was bewegt Sie? Wo bleibt bei all der Wichtigkeit von Job und Geld Ihre Familie und welchen Stellenwert hat Ihre Gesundheit? Riechen Sie, schmecken Sie, leben, hören, fühlen, atmen Sie das Leben, Peter und lachen Sie es wieder aus. Und wenn Sie Hilfe brauchen, dann bin ich hier, wenn Sie gestatten. Machen Sie bitte nicht denselben Fehler, den ich vor vielen Jahren gemacht habe, Peter!«

Rosenboom sah seinem Chef jetzt direkt in die Augen. Der Groschen schien tatsächlich in diesem Augenblick gefallen zu sein. Die Hand des Herrn Lee verschwand in der Anzugstasche und zog eine Handvoll Bananenchips aus ihr heraus. Er breitete sie auf Rosenbooms Schreibtisch aus.

»Und für jede Stunde, die Sie ab jetzt sinnvoll in Ihre Zukunft investieren – und Sie wissen, was ich damit meine, Peter – dürfen Sie einen Chip in Ihrem Sparschwein versenken! Sie können auch Pennys benutzen, Peter, und darin für den nächsten Urlaub sparen«, sagte Mr. Lee und rasselte mit einem Sparschwein aus Porzellan, das er einer kleinen Kiste entnommen hatte, die Herrn Rosenboom bisher nicht aufgefallen war.

»In der Lobby habe ich Ihnen einen Gutschein für einen Strauß weißer Rosen hinterlegt, außerdem einen Umschlag mit einer Gehaltserhöhung. Kaufen Sie Ihrer Frau morgen, wenn Sie freimachen, ein prächtiges, neues Kleidungsstück und entscheiden Sie gemeinsam mit ihr, wohin die Reise in den nächsten zwei Wochen gehen soll. Sie haben ab morgen Urlaub, Rosenboom. Nutzen Sie ihn und lassen Sie Ihr Sparschwein nicht leer ausgehen. Und, ich wiederhole, Peter, machen Sie nicht den gleichen Fehler wie ich! Ich wünschte, ich wünschte, ich hätte die Chance auf ein Zeitsparschwein, Peter, und eine Möglichkeit, mit meiner Frau nur noch einmal einen einzigen Tag zu verbringen.«

Überall auf der Welt, 2015

Du wirst dich mir nicht erwidern

Bis in dein Herz bin ich vorgedrungen, wohl wissend, ich würde es nicht erreichen. Würde es nie erreichen. Nie erweichen. Unausweichlich unerweichbar. Ich habe dir zugehört, auch wenn du stumm neben mir bliebst. Ich habe mit dir gesprochen, auch wenn du dich mir nicht erwidert hast. Ich habe dich gesehen, in Zeiten, in denen du es nicht tatest. Doch die Liebe macht nicht blind, sie macht sehend. Blind vor Wut bist nur du gewesen. Ich habe dich aufgefangen und gehalten, auch, wenn du dich nur einen strickweit fallen lassen konntest. Mein Halt bedeutete mir, deine Welt wieder zusammenzufügen, für dich ein lebenslanger Freiheitskampf. Wie eine seltene, einzigartig duftende Rose habe ich dich beschützen wollen vor Frost und Kälte. Begegnete unzähligen deiner Gesichter auf dem Weg, sah in deine tiefsten Abgründe. Worte trafen scharf wie Pfeile. Du hattest mich. Hasstest mich. Hülltest mich in deinen unverwechselbaren, einzigartigen Duft und doch, ließt du mich nicht an dir kosten. Vernebeltest mir die Sinne. Ich vertraute dir, wenn du sagtest, eines Tages würden wir beide gemeinsam aufblühen, bekämen Seltenheitswert. Wie eine neue, seltene Züchtung sah ich uns vor mir. Du hast mich hinaus in die Gärten dieser Welt getragen und mir gezeigt, wie es einmal sein könnte, und ich verstand nicht ganz: besonders bedeutet nicht gleich neu noch gesund. Weder die

Hängegärten von Gizeh, noch die Gulistane in Persien müssen es sein, dir nahe zu stehen. Die Rosen von Schiraz, von denen Hafis schon wusste und Rumi sich davon liebte. Die Lüge steckt in den Kleidern der Wahrheit, die sie einst von ihr nahm, und die nackte Wahrheit hält sich klug zurück bis zum jüngsten Tag. Mir reichte die Ruhe, die ich atmete, lag ich in deiner Form, deinen warmen Rücken zu umschließen, dich mit Küssen und Genüssen zu benetzen. Mich in deinem endlichen Atmen still zu wiegen, eng verbunden mit deiner Hülle, wenn schon nicht mit deinem Herzen, Haut an Haut im Morgengrauen deinen Lippen zu vertrauen. Mit Rosensirup fein beträufelt unsere hungrigen Münder sich eifrig küssend. Dich salben mit Lichtern, Lust und Liebesliedern. Auch mit Rosenöl umwebt. Im nächsten Moment blindlings tanzend in den Wonnemonat Mai hinein. Wie spielend leichte Rosenblüten vom lauen Sommer-wind würdevoll getragen, umgab uns das lockende Spiel der Farben, das sich im Auge seiner Betrachter verfing, uns labte und forderte das Frühlingserwachen mit warmen Melodien zu bedenken und zu feiern. Ich lege mich in deine Gedanken und spüre selbst die Dornen deiner wunden Vergangenheit, denn keine Liebe kommt jemals ohne Schmerz, wie die Morgenröte, verliebt in ihre orangenen Berge und roten Hügel nicht existiert ohne die tiefdunklen Schleier der Nacht. Nach all dem fremden Leben in einem Kopf, all dem Nebel, wie konnte ich nicht anders, als deine Waffenläufe mit Rosenstielen zu bestücken? Ich säte die besten Absichten und erntete die schlechtesten Chancen. Die Sehnsucht ist eine Krankheit, die verliebte Närrinnen und Narren befällt wie die Rosenzikade ihre Lieblingsblume. Ich versuchte, die Ecken dieser Welt für dich zu runden, Spitzen zu stumpfen, doch immer wenn ich die Geheimnisse unserer Liebesformel zu entlarven dachte, mich wie ein Schlüssel im Schloss in Sicherheit wog, war es in Wahrheit nur die Angst vor dem Alleinsein. Die Angst, vor der du mich fürchtetest in allen enggetriebenen Momenten, wenn ich hoffnungsleer dich am meisten vermisste. Verzeih mir, dass ich von unserer seltenen Rose der Liebe überzeugt gewesen bin. Ich vergesse bis heute: W I R kreierten sie gemeinsam. Dabei waren es niemals Wir und unsere Liebe nur ein Traum. Und Träume vergehen leicht wieder, wenn man nicht an sie glaubt. Genau wie Wunder keine sind, wenn Wunder keine sind. Nichts weiter als Dornen und Tod, auch wenn ich mich nach dir verzehre und du wirst dich mir nicht erwidern. Trotzdem waren wir es, die zu lange nach nichts weiter als nach den Schatten unserer Liebe in unseren Köpfen jagten. Bis wir uns im nächsten Leben als zwei weiße Rosen wiedersehen und uns einander schenken werden, Cariño.

Wahlwiederholung

Leana kennt sie von dem alten Gerät ihrer Großeltern.

Diese Taste, mit den zwei verschlungenen Kreisen, die so ein bisschen nach Unendlichkeit aussehen. Eine Taste, die immer die Möglichkeit auf eine Wiederholung gibt. Kein Wunder, haben die beiden ineinandergreifenden Ringe doch genau den Effekt.

Bis zur Unendlichkeit könnte man die Taste immer und immer wieder betätigen. Erst, wenn am anderen Ende jemand erreichbar ist, erfüllt sie ihren Zweck und ihre Bedeutung hebt sich auf.

Das war sie, die Schnittmenge all ihrer Kindheitserinnerungen: Die Wahlwiederholung. Wenn es sie im wahren Leben doch nur gäbe.

Diese Taste, wie die auf dem in die Jahre gekommenen olivgrünen Posttelefon ihrer Großeltern, das immer noch auf dem Seefahrerkommödchen im Flur wartet und neben dem Arlac confon 2000, einem für die Siebziger absolut hippen Automatik Telefonregister für über neunhundert Nummern, ruht.

An der Wand mit der petrolfarbenen Ornamenttapete schläft über der Telefonkommode eine antik wirkende Engelsparty auf Öl im Goldrahmen. Und in der ganzen Szenerie leuchtet auch noch eine futuristische Vase, die seit Jahrzehnten dieselbe künstliche Damaszener-Rose beherbergt, die ganz hübsch aus der Zeit gefallen sein zu scheint. Alles steht da so wie immer und wartet geduldig. Auch nachts, wenn die Stadt sich schlafen gelegt hat und die Lichter der Reihenhäuser versunken sind. Dann, wenn sich nur noch der schwache Lichtkegel der Außenlaterne auf das Telefonbänkchen legt und dem Ganzen fast schon etwas Gespenstiges verleiht.

Auch dann, wenn Leanas Oma den Stecker des alten Posttelefons zieht, damit keine Anrufe mehr durch kommen. Wer sie am Tag nicht erreicht, der braucht es erstrecht nicht in der Nacht zu versuchen.

Alles wartet auf Leana. Die sitzt derweil in ihrem Student*innenzimmer im Lockdown. Schon der zweite für dieses Jahr. Es ist dreiundzwanzig Uhr. Sie hat eine Flasche Wein geleert. Allein. Und so fühlt sie sich auch. Ihr schlechtes Gewissen meldet sich. So lange will sie sich schon bei ihrer Oma melden. Sie anrufen. Mit ihr sprechen, hören, was sie zu sagen hat. Am liebsten jetzt sofort. Doch sie hat Angst.

In Gedanken erscheint ihr die schwere ornamentale Flurtapete ihrer Großeltern. Automatisch kommt ihr auch die schwebende Kommode aus dunkelbraunem Furnierholz in den Sinn. Dann der alte Telefonapparat und wie sie sich als kleines Mädchen auf Zehenspitzen zu ihm nach oben reckte, zum ersten Mal ihre eigene Telefonnummer, die Festnetznummer ihrer Eltern, wählend. Eine Welle der Erinnerung über-schwemmt sie.

Ihr geliebter Opa war es gewesen. Er war es, der ihr die Zahlen bis zehn beibrachte. Nicht nur die Ziffern, sondern auch die Bedeutung der einzelnen Tasten auf dem Telefon. Die Wahlwiederholungstaste hinterließ dabei offensichtlich einen bleibenden Eindruck. Die Taste, die man heutzutage vergeblich auf einem Smartphone sucht.

So weit weg erscheint ihr alles. Es ist einfach schon viel zu lange her, seitdem sie ihre Oma angerufen hat. Der Geruch von Salzteig steigt ihr in die Nase, den ihre Oma für sie angerührt und den sie gebacken hatte und den Leana so lange zu Figuren formte, bis ihr Vater sie am späten Nachmittag von Oma und Opa abholte. Er fand sie in der immer gleichen Position vor, jeden Tag: Aufrecht am kleinen Tisch auf dem zugehörigen Stuhl sitzend, der wie Schlüssel formgenau zum Tisch passte.

Setzte man beide Möbelstücke zusammen, ergab sich ein Paket, das platzsparend verstaut werden konnte und sehnsüchtig auf Leanas geschickt kreative Teigfinger wartete, bis Leana am nächsten Tag wiederkam. Mit ein paar Handgriffen konnte man es sogar zu einem Hochstuhl umfunktioniert werden. Das Tischset wartete wiederum geduldig neben dem geflochtenen Rundtisch, der aussah wie ein viel zu groß geratenes Tablett mit Griffen, auf dem sich die gesamte Palette an Angebotsblättchen der gesamten Discounterumgebung türmte, nebst Fernsehzeitung. An dieser Kombi saß Leana und produzierte salzteigenderweise heile Familienwelten, die immer lächelten und niemals stritten.

Daran erinnert sie sich und an alles andere sonst. An ihre Großeltern. Salzteig. Den Sprudel aus Senfgläsern. Rotbäckchensaft. Die Wahlwiederholungstaste. Und früher.

Vieles hat sich in den Jahren verändert. Die Taste war immer noch dieselbe. Genauso wie ihre Oma, die höchstens älter geworden ist. Mehr nicht. Noch immer erzählt sie die gleichen Geschichten von Hansi und dem Fisch, der nicht gefischt werden wollte und ihren Auftritten im Zirkus Sadi Sadi. Sie berichtet davon wie sie das Ave Maria einst spontan in der Kirche gesungen hatte und einen überwältigenden Applaus dafür bekam. Und sie trägt, während sie in den schönen Erinnerungen schwelgt, ihre immer gleiche jugendliche Frisur. Bis heute färbt sie sich ihre Haare selbst, in Kastanienrot. Und sie toupiert sie, ihre viel zu dünnen Haare, setzt sich über die kahlen Stellen einfach hinweg. So beginnt jeder Morgen. Seit Jahren.

Mit Rosenöl hinter den Ohrläppchen, den todschicken, flotten Stoffohrklipsen, geformt zu Blütenkelchen und dem dunkelblauen Jumpsuit mit den kleinen weißen Rosenknospen, bewahrt sie sich seit Jahren diesen ewigjungen Touch. Wie lange kann Leana nicht sagen. Sie kennt ihre Oma nicht anders.

Es hat sich wirklich nichts verändert.

Sie kleidet sich adrett. Redet höflich, wenn andere Menschen sie ansprechen, und flucht nur, wenn niemand es mitbekommt. Sie betet den Rosenkranz am Abend und erledigt ihre Gymnastikübungen am Morgen.

Nichts hat sich ins Gegenteil gewandt. Bis auf ihre Sehkraft vielleicht, aber das ist ganz normal, wenn man älter wird. Wahrscheinlich fährt sie deshalb nicht mehr mit dem Auto zum Einkaufen. Nicht nur ihre Oma hat sich nicht verändert, auch alles um sie herum nicht. Außer vielleicht, dass Leanas Opa gestorben ist. Vor ein paar Jahren. 2011. Und vielleicht, dass er ihr jetzt nicht mehr zum Abschied an der Haustür auf seine einzigartige Art winken oder sie mit einem liebevollen Kopfstreichler verabschieden wird. Und dass er nicht mehr mit der ganzen Familie am Tisch sitzt, um seine Linsensuppe mit Zitrone und Essig zu würzen, die er anschließend in seiner Tasse genießt. Auch wird er ihr nicht mehr wie als Kleinkind die Schranktüren des schweren Eichenschranks im Wohnzimmer öffnen und schließen. Was hatte sich Leana darüber kaputt gelacht, zumindest würde ihre Oma davon erzählen, wenn Leana sie anrufen würde.

Ihr Opa wird sie auch nicht mehr im Kinderwagen über die Enkelwies, das Pädsche und durch den Stadtgarten schieben, so dass Frau Krause mit Herzchen in den Augen jedes Mal um zwölf Uhr mittags verkündet, nach Leanas Opa könne man sprichwörtlich die Uhr stellen.

Sonst ist aber noch alles beim Alten.

Leanas Oma wohnt noch immer in demselben kleinen Reihenhaus. Sie hegt und pflegt ihren Garten mit den gelben Fuchs-Rosen, erntet Erdbeeren und sie bereitet ihren berühmten Rosenlikör aus den gekauften Duftblüten zu, den sie dann an die Familie und Bekannte verschenkt. Von ihr hat Leana gelernt, dass die Gartenerdbeere botanisch zu den Rosengewächsen gehört. Ihre Oma besucht noch immer denselben Blumenladen, kauft jeden Dienstag die gleichen Petunien, um das Grab ihres Mannes in Ehren zu halten. Und sie verbringt die Vormittage auf dem Friedhof. Dort denkt sie dann an ihn. Und an Leana. Und an ihre Söhne. Die melden sich auch nicht mehr, seit Leanas Opa tot ist.

Sonst ist aber noch alles genauso, wie es einmal war.

Ihre Oma singt die ewig alten Lieder lauthals in der Küche mit. Manchmal hören die Nachbarn ihre Gesänge, wenn sie die Fenster gekippt hat. Leanas Oma bedankt sich dann mit übertriebenen Jubelschreien und Tränen in den Augen.

Und sie erzählt dieselben schönen Schmankerl, von Leanas Mittagsschlaf, den die stolzen Großeltern kaum abwarten konnten. Sie sagt dann, dass sie die Treppe entlang des Schiffstaugeländers in Richtung ihres Bettchen hoch stürzten wie die Irren. Sie benutzt das Wörtchen »kompetitiv« in diesem Zusammenhang nicht, aber so stellt Leana es sich vor, wenn ihre Oma ihre »Ich bin wach« – Rufe aus Kindertagen imitiert. Genau so. Und Ihre Oma redet von Frieden in der Welt, der sich nur einstellen wird, wenn die Bösen sterben und dass die Dornen an den Rosen erst mit dem Bösen in die Welt gekommen sind. Sie spricht die altbewährten Gebete. Und sie glaubt, dass Gott ihr tatsächlich dabei zuhört und ihr Mann im Paradies auf sie wartet.

Ja, es ist alles wie eh und je.

Ihre Haut riecht nach der gleichen Creme. Nach der in der blauen Dose wie zu jenem Zeitpunkt, als Leana noch kaum an das Seefahrerkommödchen im Flur heranreichte. Höchstens auf Zehenspitzen. Als sie noch das Kind gewesen ist, das die Zahlen von ihrem Opa gelehrt bekam, während ihre Oma die köstlichsten Reibekuchen backt, die die Welt jemals gekostet hat. Von derselben Oma, die zu diesem Zeitpunkt selbstverständlich schon längst das ehemalige Jugendbett ihres Sohnes, Leanas Patenonkel, in der unvergleichlichen Flanell-Bettwäsche für ihre Enkelin bezogen hatte. In der Zauber-Bettwäsche, die in Lenor, Luft und Liebe badete. Und dass auch sie es gewesen ist, die vor dem Zubettgehen ein Vollbad in einem riesigen Schaumschloss nahm, eingehüllt von Heizungswärme und umgeben von smaragdgrünem Fliesendekor. An jedem Sonntag, den sie bei ihren Großeltern verbrachte. Als

Leana ihre Oma zum letzten Mal gesehen hat, meinte sie, früher wäre mal mehr Lachen und Apfelpfannkuchen gewesen, dazu diesen bohrenden Gedanken »Wenn ich nochmal die Wahl hätte, würde ich alles anders machen«.

Das hatte sie mal gesagt. Ja, aber sonst, ist nichts anders. Wirklich nicht. Es ist alles beim Alten. So wie immer. Und eigentlich nicht. Leana will unbedingt ihre Oma anrufen. Doch sie hat immer mehr Angst. Denn in Wirklichkeit ist alles anders, seit Leanas Opa tot ist.

Wenn es sie im wahren Leben doch nur gäbe. Eine Taste, die Dinge, Menschen und Zeiten zurückholt. Wie diese eine Taste, mit den zwei verschlungenen Kreisen, die so ein bisschen nach Unendlichkeit aussehen. Wenn es sie im wahren Leben doch nur gäbe. Was würde Leana nicht alles für einen Moment, für einen Augenblick, einen Anruf, ein gemeinsames Mittagessen, einen Spaziergang im Kinderwagen um zwölf Uhr mittags wieder holen wollen?

Wenn man die Wahl hätte, wie bei der Taste auf dem in die Jahre gekommenen olivgrünen Posttelefon ihrer Großeltern. Eine Taste mit der Möglichkeit zu einer Wahl-Wiederholung.

Vielleicht wäre dann noch alles wie es mal war?

EIN GEDICHT ZUM SCHLUSS, MUSS!

DAS Inhaltsverzeichnis lügt! Es erfolgt zum guten Schluss, ein klitzekleiner Musenkuss auf das poetische Auge, ein Anflug von lyrischem Geschwader, ein Auszug von pathetischem Gelaber. Ein anzüglicher Hochgenuss, ein Spruch zum Nachdenken: »Was muss, das muss«, eine punkpoetische Hand zum Gruße, eine Laune meiner Muse. Mal ist sie Euterpe gleich, in den meisten Fällen doch Beate Uhse-reich. Verzeih mir, die, der, dass du mich liest und ich an dieser Stelle, keineswegs auf die Wahrheit still verwies. Denn es folgt nichts Kurzprosaisches, im Gegenteil. (Hol schon mal das Hackebeil!) Die kürzeste Story, die ich kenne, ohne dass ich mich jetzt hier verrenne, ist: »Mist – manchmal schluck ich meine Worte gern herunter!« Sonst enden sie und wenden sich, zerrüttet ab in einem Reim. Doch wenn ich es mir recht bedenke, was geht denn nicht, an einem kleinen Reimgedicht getarnt als Minitext am Ende? Gut, ich hab dich nicht gewarnt! Ich bin vielleicht ein Depp, doch keineswegs von gestern und die Corona-App. Die Antwort zur Kürzeststory ist: ich lege mich und meine Worte – eben gern in Erdbeersahnetorte. An dieser Stelle Schulterzucken – was ließe sich nicht besser schlucken? Setze dich der Liebe aus und es erblühen Rosen auf deinem Grab. Die Wege der Liebe zu dir, – es ist so wie ich's sag – sind auch die Wege, die zu anderen führen. Ich hoffe, diese kleine Lüge konnte dich berühren.

Über die Autorin

Jennifer Hilgert wird 1986 in Simmern im Hunsrück geboren. Mit sieben Jahren verfasst sie ihren ersten Reim. Sie bleibt dabei. Schreibt Gedichte und veröffentlicht Bücher im Selfpublishing

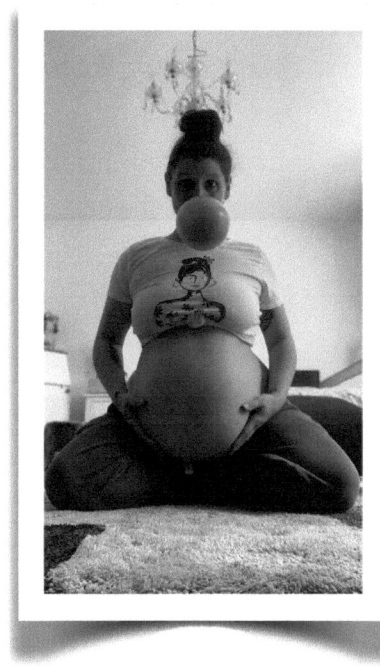 unter ihrem Mädchennamen, damit er ihr nicht abhanden kommt. Unter dem Schreibmotto »Lies mich & finde dich« entstehen erste Texte. Ihre philo-poetische Novelle Tage wie Türkis macht sie in den sozialen Netzwerken als @frautuerkis_ bekannt. Mit einem Mann, drei Kindern und zehn Schreibmaschinen l(i)ebt sie in ihrer ganz eigenen Villa Regenbogen mit Pommes-Mayo statt Goldtopf am Ende der Straße und Sonnenschein versehentlich in Mainz am Rhein. Sie sammelt Kaugummi in Kisten, findet #poesieistüberall und bewegt sich immer ein bisschen zwischen Punkrock und Poetry.

NACHWORT

Es heißt, die Königin der Blumen spricht alle Sprachen der Welt. Die Rose, sie öffne Herzen und Münder und sie sei das Symbol der Liebe.

»Ich habe mir niemals vorgenommen, Gedichte zu schreiben. Es ist einfach so passiert.« Das sagte ich einmal über meine poetischen Schreibanfänge. Bei dieser Kurzprosa rund um die Rose, trifft das auch wieder zu.

Seit ich damit begann, eine Rose zu schreiben, und mich mit diesen prächtigen Pflanzen aus der Familie der Rosacea zu beschäftigen, bin ich ihr verfallen. Ich habe gelernt, wie vielseitig die Rose ist und wie viel mehr als bloß das Symbol der Liebe.

Dass die Liebe nicht nur aus Rosen, Herzen und Geigen besteht, weiß ich allerdings schon länger. Sie kann auch einen Guten-Morgen-Kuss mit Kaffeegeschmack im Mund bedeuten. Ein Huckepackexpress ins Krankenhaus nach einer Knieverletzung auf dem Bolzplatz. Und auch ein verwunschener Garten, wo wilde, dornige Büsche ranken und Bienen sich um die besten Pollenplätze zanken.

Und manchmal ist die Liebe eben auch viel weniger als ein duftender Rosenstrauß und das Nichts höchstpersönlich. Eine Dornenhecke gar, durch die es kein Eindringen gibt, auch nicht nach hundert Jahren. Ein schmerzlicher Abschied am

Hauptbahnhof. Eine toxische Ehe, lebenslänglich. Eine Trennung. Und nicht immer stehen Rosen als Sträuße gebündelt auf betischtuchten Candle-Light-Dinner-Tischen, sondern landen als letzter Gruß auf einem Grab.

Der Rose, die je nach Quelle zwischen 3.500 und 4.800 Arten und 30.000 Sorten aus 100 bis 160 Gattungen umfasst, sind unzählige Liebhaber*innen weltweit verfallen. Für welche Anlässe ihre Blütenköpfe seit ihres geschätzten Ursprungs in Zentralasien auch immer in Form gebracht wurden und bis heute werden, eine ganze Reihe Namen, Geschichten, Mythen, Sagen und Legenden ranken sich um sie. Vor 35 Millionen Jahren begann ihre Geschichte ... Und trotzdem bewahrt die Rose sich bis heute ihre Geheimnisse, birgt Überraschungen.

Von einer berichtete mir jüngst meine Lektorin Tamara in den sozialen Netzwerken. Wohnt sie doch in Frankreich, wo traditionell Biker von »Une rose – un espoir« am letzten Aprilwochenende in aufheulenden Motorradkolonnen durchs ganze Land fahren. Sie klingeln an den Häusern und verkaufen Rosen. Das Geld kommt als Spende dem Kampf gegen Krebs zugute. Wie passend, dass wir an eben diesem Wochenende unsere Zusammenarbeit starteten.

Mich überraschte die Rose, weil sie sich mir auf einer Zugreise nach Berlin im April dieses Jahres förmlich aufdrängte. Sie zwang mich, die erste Kurzgeschichte für dieses Buch zu Papier zu bringen. Daraus ergab sich der Titel. Und nachdem ich bei Laura Newman quasi auch noch über mein zukünftiges Cover gefallen bin, wie damals schon bei »Tage wie Türkis«, als hätte sie es nur für mich angefertigt, war die Sache wie Rosenkohl: Nicht jedermenschs Sache, aber deswegen auch wieder absolut meins. Das kitschklischeebeladenrosenschöne Cover, kommt samt Titel »berechenbar, blumig und rosafarben« daher (O-Ton meiner geliebten und geschätzten Poetenkollegin und Schreibpartnerin meiner drei letzten Gedichtbände, Marina Berin), was so wenig zu mir passte, dass es schon wieder zu mir gehörte und für mich deshalb absolut Punk.

Angetrieben von der Rosenidee und in Gedanken schon zukünftige Besitzerin des Premades, folgten weitere Kurzprosatexte für »Er bedeutet Rosengarten«, denen ich Rosenblüte für Rosenblüte einflocht. In der Hoffnung, sie ergäben gemeinsam eine nachvollziehbare Spur aus Blut und Blüten, die nicht sogleich wieder verwischt, sondern auf ihre eigene magische Weise einen bleibenden Eindruck hinterlässt.

Ja, ich kann mir kein besseres Cover vorstellen! Funfact: Ich bat Laura darum, wenigstens die Perlenkette am unteren Rand zu entfernen (ich wette, du schaust genau jetzt in diesem Moment nach, was daraus geworden ist!). Doch da Rosen uns nicht nur in inspirierenden Kunstwerken, architektonischen Meisterwerken, Liebesgeschichten und im Krieg begegnen, sondern auch eine Rolle in der Religion spielen – denk doch nur mal an den Rosenkranz - freundete ich mich mit der Metapher an, die sechzehn Geschichten fädelten sich wie in einer Kette, Perle an Perle, um und an die Rosengewächse.

Ich liebe es, wenn ein Plan, den ich vorher gar nicht hatte, funktioniert und alles anders kommt, sich irgendwie ergibt und fügt und dann doch überraschenderweise total gut zueinander passt.

Diese ganze Rosensache (»Rote Rosen« – Grüße gehen aus meinem Herzen direkt zu meiner lieben Freundin und Kollegin Eileen Mätzold) wäre also nicht gewesen, wenn ich mich nicht ganz blauäugig, ohne zu wissen, wonach ich suchte, durch die Premades von Laura geklickt hätte. Die Texte entstanden in einer für mich beachtlichen und überraschenden Geschwindigkeit, als hätten sich meine Worte mit Rosenöl gesalbt und mich gleich mit. Ältere Dateihüter bereitete ich auf wie in der Dichtung und Literatur historische Lustgärten. Zu lesen gibt es Texte, die das Leben für mich gespielt oder mir vor die Augen gespült hat. Ich musste sie nur noch (er)finden und aufschreiben.

Angereichert mit Essenzen aus dem Alltag einer Psychiatrie, Fundstücke aus der deutschen Hauptstadt, Erinner-ungen an ein Kalifornienabenteuer, vermischt mit Punkrock, Poesie und allzu (Un)menschlichem. Man begegnet den rosigen Abgründen der Anderen und findet sich (vielleicht) selbst wieder. Auch Höhenflüge in einen Himmel aus Rosen finden einen Platz, frei nach zwei Jahren Pandemie: Wer endlich wieder eine Reise tut, kann nochmal davon erzählen – und darüber schreiben.

Vergangenes und Zukünftiges verbindet sich mit Gegenwärtigem und wächst zu einer Blüte aus Sehnsucht und Liebe. Krieg und Frieden. Schmerzlich Entferntes und herzlich Nahes wird eins und sich fremd, sodass es fast schon unheimlich ist wie »normal« sich Ambivalenz auf einmal anfühlt. Denn auch wenn einiges gemeinhin als Liebe gilt, was als ein Bad im Rosenmeer gelesen oder einer Übernachtung im »Bed of Roses« empfunden wird, nicht immer steckt sie überall auch drin, wo sie draufsteht.

Wenn am Ende doch nur Dornen bleiben – in Augen, vor Vögeln, an Kränzen – sollte man den Rosengarten lieber platt machen wie einst Melania Trump. Ein Ende mit Schrecken ist ja bekanntlich besser als ... genau, und Gras und Unkraut wächst über die Sache dann von ganz allein.

Eine Rose ist eben doch nicht nur eine Rose. Sie ist die Liebe, das Leben, das Leiden, ja, und auch gar nichts dergleichen. »Er bedeutet Rosengarten« ist meine erste veröffentlichte Kurzprosa. Kurzprosa angereichert mit Blüten-blättern zu Regentagen und zu allen anderen Gelegenheiten.

DANKSAGUNG

Ich danke an erster Stelle meinem Mann. Ich muss! Ich will. Ich werde. Er ist mein Herzband. Meine schönste Valentinsrose an jedem Tag und mein Rosenheim unterm Mainzer Himmel, wenn es auch mal gar keine roten Rosen, sondern Scheiße regnet. Mein ganz persönlicher Garten, in dem ich mich fallen lassen kann, weil er mich stets auffängt wie ich bin. Er ist mein bester Freund. Zwar nicht mein »entsprung'ner Ros'« dafür der Punkrock-Song meines Lebens. Er schenkte mir nie Rosen, dafür unsere drei Kinder und er ist als Papa der Beste für unsere Drei. Immer da, auch wenn es sich zwischen uns manches Mal nach Rosenkrieg anfühlte. Er gibt mir die Aufmerksamkeit, das Vertrauen, die Geduld, den Respekt und die Unterstützung, die ich brauche für die Dinge, die ich tue und die ich neben meiner Familie sonst so liebe: das Schreiben. Er war und ist mir seit vierzehn Jahren eine besonderer, einzigartiger und unvergleichlicher Blumengatte, den ich ziemlich gut riechen kann und wenn unser gemeinsames Leben einem Duft gleichen würde, dann wäre in ihm absolut und ziemlich sicher keine einzige Rosenblüte enthalten.

Was haben wir Tränen gelacht (ein bisschen auch aus Verzweiflung!) als wir davon lasen, die First Lady zu Zeiten des Pussygrabbers habe den Rosengarten Jackie Kennedys, der Menschen weltweit seit Anfang der Sechziger Jahre unverändert vor sich hin faszinierte, platt gemacht hatte und ihn von einem natürlichen »Paradies« zu einem Parkplatz, bzw. einem »Morose Garden«, einem »mürrischen Garten«, degradiert. Wer sonst auf dieser rosenverdammten Welt hätte mich zum Henker nochmal in meinem Vorhaben unterstützt wie er, sechzehn Tage vor voraussichtlicher Niederkunft (heute am Tag der letzten Züge bin ich übrigens bei ET+10) mal eben schnell noch ein neues Buchprojekt zu wuppen und neben dem dritten Menschenbaby auch noch ein Buchbaby zu produzieren und aus dem Geschichtenuterus zu pressen?!

Ich danke meiner Schwester Julika, die immer für uns da ist. Du bist unglaublich! Du bist mein Herz&Blut, meine beste Schwelli!

Danke meiner Oma Antonia und meinem Opa Helmut. Ihr bleibt für immer mein Rosengarten, in dem Kohlrabi, Salzteig, Löffelklöße, indischblaues Kaffeegeschirr, Kuckuck und Esel wachsen.

Ich danke meiner Bescht Alica. Danke, dass du alle Wege mit mir beschreitest. Neben den hammergroßen und zum Scheitern verurteilten, (leider geil!) auch die verwelkten, anstrengenden und nicht so rosébreiten.

Ein großer Dank gebührt meiner lieben Lektorin, Tamara Leonhard. Ein absoluter Herzensmensch innerhalb der Selfpublisher-Community und Buchbranche. Die Zusammenarbeit basierte auf viel Verständnis, Einfühlungsvermögen, garniert mit einer ordentlichen Portion Verrücktheit. Ich sag nur: Welcome to Suicide Squad! Ein echter Glücksfall eben. Danke für dein Engagement und die professionelle und wertschätzende Arbeit. You're a rockstar!

Danke den besten Therapeutinnen, die ich mir vor, während und nach meines zehnwöchigen Aufenthalts in der Psychiatrie hätte wünschen können. Fr. Felder, Fr. Dr. Arnold, Hannah, und Fr. Dr. Thümler. Sie drei haben mich gerettet! Und wenn ich Rose DeWitt Bukater aus »Titanic« an dieser Stelle zitieren darf: »Sie haben mich auf jede erdenkliche Weise gerettet wie man einen Menschen nur retten kann.«

Danke meiner Gynäkologin Fr. Dr. Pickardt und ihrem sympathischen Praxisteam für die kompetente Schwangerschaftsbetreuung.

Ein tiefer Herzendank gebührt meiner wunderbaren Familie und meinen Freunden. Ihr seid mein Mutterboden. Ohne euch, wäre ich nicht. Danke, dass ihr mir die Zeit gebt, zu sein und zu werden, zu wurzeln, zu wachsen, ranken, und wüten. Danke für eure Liebe, eure Hilfe und Unterstützung in allen Lebens- und Niederlagen und Danke, für euer großes Herz und euer bedingungsloses Verständnis. Ihr lasst mich wie ich bin, auch wenn ich nicht immer so sein will.

Zu guter Letzt: Danke ich dir, lieber Mensch, der du mich liest! Ich danke dir für deine Aufmerksamkeit und deine Zeit. Das bedeutet mir viel! Und ich möchte mich bei jeder magischen, lustigen, unglaublichen Begegnung, traurigen und überwältigenden Erfahrung da draußen bedanken. Mit Mensch, Tier und Pflanze, die mich auf irgendeine Weise zu meinen Geschichten geführt hat. Danke auch meinen Worten und Gedanken, dass sie kommen und gehen wie es ihnen beliebt und dass sie an den richtigen Stellen bleiben.

Wenn dir gefallen hat, was du hier gelesen hast, würde ich mich, wie jede Wette auch meine gesamte schreibende Kollegschaft, über ein Feedback per Email, via Instagram, Facebook, in Form einer Rezension auf Amazon und persönlich freuen. Wenn du mich noch nicht »kennst«, im Impressum findest du sicher einen Weg zu mir.

Natürlich ist das allergrößte Lob an mein Schreiben und mich, wenn du meine Bücher kaufst und Familie, Freunden und Bekannten weiterempfiehlst. Das wäre mir wirklich eine große Ehre. So long und bis dahin wünsche ich dir alles Liebe, Punkrock bis unter die Haut, Wolken und Wellen, die dich tragen, Kirschkaugummi in die Backentaschen und jede Menge Geschichten, die sich dir ins Herz pflanzen und dich erblühen lassen.

Danke, deine Frau Türkis 🤟

TRIGGERWARNUNG

Dieses Buch enthält fiktive, sowie reale Schilderungen, Erwähnungen von Erlebnisse, die bei Betroffenen triggernde Reize auslösen können. Pass gut auf dich auf, wenn dir Themen wie beispielsweise Selbsttötung, Tod, Krieg, Einsamkeit, Trennung und psychische Erkrankungen gerade nicht guttun. Wenn dich diese Themen triggern, dann spare bitte folgende Seiten aus:

Herr Anton mitten im Frühling, S. 14 – Tod

Schnittmuster, S. 18 – Selbstverletzung, Selbsttötung

Liveticker, S. 46 – Krieg

Neuanfang, S. 50 – Trennung, Persönlichkeitsstörung

Baccara aus Pakistan, S. 60 – Rassismus

Von Frauen, die Schnittblumen kaufen, S. 84 – Tod, Einsamkeit

Du wirst dich mir nicht erwidern, S. 110 – Psychische Erkrankung, Liebeskummer

Wahlwiederholung, S. 114 – Tod, Einsamkeit

Für die Vollständigkeit der Liste kann ich keine Haftung oder Garantie übernehmen. Wenn dir dennoch weitere Trigger-themen auffallen, die ich nicht bedacht habe, melde dich doch bitte bei mir. Gegebenenfalls werde ich die Aufzählung auf meiner Homepage vervollständigen und aktualisieren.

WEITERE WERKE DER POETIN

Weinworte - Gedichte und andere Weinsamkeiten, Marina Berin und Jennifer Hilgert, BoD. November 2021.

Die Schuhe überwintern zu Hause – Und damit sind nicht die Sandalen gemeint – Lockdownlyrik, Marina Berin und Jennifer Hilgert, Bookmundo. April 2021.

Führe mich zu deinen Lippen - Kaffeegedichte, Marina Berin und Jennifer Hilgert, BoD. September 2020. (Neuerscheinung im Goldblatt Verlag 2022)

Das Märchen vom modernen Frieden, Jennifer Hilgert, BoD. September 2019.

Tage wie Türkis, Jennifer Hilgert, BoD. Dezember 20217.

DichtBlick - wenn kunst gedanken kriegt, Diana Frasek und Jennifer Hilgert, epubli. August 2016.

Das kleine Herz, Hannah Nitsch und Jennifer Hilgert, epubli. August 2016.

Pflegetipp für dieses Buch:
Leg die Geschichten in ein Rosenbeet.
Gieße, hege, pflege, staune und warte
was wächst.